자칭 씨의 오지 입문기

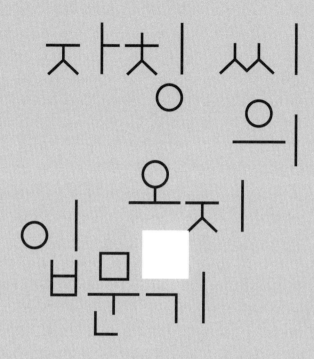

자칭 씨의
오지
입문기

시인수첩 시인선 024

조미희 시집

문학수첩

시를 만나서 좋았다.

가끔은 내 시가 멋질까. 못났을까. 전전긍긍하기도 했다.

하지만 시와 만나는 시간이 나는 좋다. 늘

시는 길거리에 앉아 있기도, 뛰어가기도, 울고 있기도 했다.

아무리 멋지게 감추려 해도 결국 시는 나다.

그래서 좋다. 부끄럽지만 나를 가장 잘 표현할 수 있는 시
속에서 뭐든지 할 수 있다.

2019년 늦봄 상도동에서

| 차 례 |

시인의 말 · 5

1부

2부

3부

4부

1부

그리운 무중력

−발렌티나 테레시코바*에게

너는 우주에서 자유로운 여자
공 굴리기를 하는 서커스의 단원처럼
임시 천막 같은 둥근 지구를 바라보며
커다란 막대사탕의 무늬처럼 돈다

그리운 무중력
하이힐도 세탁기도 필요 없는 무중력
떠다니는 물방울로 머리를 감고
풍경 따윈 필요 없는 창문을 가진
너는 우주인
너는 기분 좋은 갈매기

나는 지구의 골목에 있고
모든 중력에서 수만 가지의 따가운 간섭이 있는
지구에 남겨진 여자
너는 무중력의 배란기
나도 무중력의 배란기를 가질 수 있었다면
중력의 계단에 앉아 지루한

헛구역질은 하지 않았겠지

너의 밤은 지구의 기우뚱거리는 관습을 지우고
관습의 궤도로부터 낭만적이다

너는 빛나는 귀환이 있는 부양(浮揚)이 있고
나는 빛나는 도피도 없는 부양(扶養)이 있다

나의 예민한 귓바퀴는
사랑의 동그라미를 도는 분홍색 맛을 꿀꺽 삼킨다

당신은 중력을 이탈하고 있습니다

중력은 나를 놓치고
나는 중력을 버린다

* 세계 최초의 여성 우주 비행사.

14

십이월

산동네를 잘라 색종이를 만들었다
가장 화려한 십이월의 누더기가 천장에서 달이 되어
흔들렸다
세 개의 계절은 늘 빠르게 지나갔다
우리는 겨울에서 오래도록 연체되었다

숫자의 악랄한 소진법,
챙긴 것이 없다고
앙상한 숲의 간격들을 내보이지만
겨울은 챙기지 않고는
지나갈 수 없는 계절

잡목 숲은 오감을 잃은
나목들이 피부로만 숨을 쉬었다

십이월은 나무들만 추운 게 아니다
입김의 계절은 조금씩 무너지지만
영하의 빗방울이 헐벗은 고드름을 선물했다

그것은 투명하다
속이 비어 있는 것처럼
푹신한 눈이 겨울에는 맞다

숲이 버리고 간 목소리를 주워 밤이면 바람의 흉내를
냈다
방 안의 모든 사물들이 흐느꼈다
함께 흐느낀다는 것은 따뜻한 이불 같다

목도리가 알알이 빛나고 있다
일에서 십이까지 숫자들을 꽁꽁 묶고 아무렇지 않게
웃는다
겨울까지 돈 벌러 온
계절 직종의 위장술
주머니는 다 어디 갔는지
아무리 뒤져도 일밖에 없는 계절이다

걷어 내지 않아도 천장의 색은 바래고

공기는 수요와 공급처럼 약삭빠르게 자리를 바꾼다
최저 임금 상승만큼 살짝 올라가는
1월의 기온을 기다린다

광대의 뒷면

나는 멍든 별의 광대

푸른 어스름을 틈타 우는 눈과 웃는 입이
각각 다른 말이라는 걸 알기 시작하면서 나는 망설였다
다른 표정을 더 배울 것인가
두 개의 표정만으로 살 것인가에 대해

나는 나에게도 이방인이다

나와 너는 드물게 혹은 자주 서로의 얼굴에 경악한다
얼굴을 지우면 또 다른 얼굴, 얼굴, 얼굴

내가 하고 싶은 일은 모 아니면 도, 차라리 피에로가 평
생 달고 다니는
한 방울 눈물에 대해, 관성에 대해, 도제식으로라도 배
우고 싶다

어떤 얼굴을 벗어날 수 없다면 나눠 써야 한다 비싼 교

습비를 내더라도 서막과 종막을 종횡무진 뛰다 넘어지는
인간에게, 서서히 면역화되는 공포, 그것이 자신의 얼굴
이라는 것을 알 때까지

    조간신문엔 어제 살해된 사람들, 굴뚝에 올라선 노동
자의 퀭한 목소리는 더 높은 고공을 향해 허우적거린다

    밤에 너와 내가 바꿔 썼던 얼굴의 껍데기

    모든 공포증의 뒤를 뒤져 봐도 찾을 수 없는
    얼굴의 모형들

쉬기 좋은 방은 어느 계절에 있지

늙은 새들
방이 적다고 운다

겨울,
싹트는 발목이 그곳에서 기다린다

자세를 바꾸면 봄으로 이사 갈 수도 있을 거라는 생각
을 했다
바람이 창을 그려
맨발을 붙인다
다음 장에서 만날 가능성에 기대 본다
멀리서 날아오는 새의 투정을 찢어 호주머니에 숨긴다
의심 없는 온도를 꽉 쥔다

얼어 죽은 고양이와 비를 맞고 죽은 목련꽃 중
어느 쪽이 더 마음 아프지

문상객으로 거리에 서 있다

달이 천 개의 현을 뜯는다
불길한 구름 떼가 몰려오고 달 귀퉁이 올이 풀린다
달이 줄어든다
오물 같은 침이 뚝뚝 떨어진다
무엇을 삼키려 했던 걸까
빙판길의 이삿짐 트럭
하나, 둘, 셋
잠자지 못하는 시계의 야반도주
녹지 않은 주소들이 실뭉치에 걸려 자꾸 넘어지는 사이
달이 먹어 치운 집들과
집이 먹어 치운 이삿짐 트럭

쉬기 좋은 방으로 가기 위해
몇 번이고 발목을 전지한다

호박에 관한 명상

난 네모에서 태어났다네
하지만 나의 근본은 둥글다네
형식을 기웃거리다 보면 모두가 둥글어진다네
믿고 있는 것은 약속 안에 존재하고
내가 구름을 먹고 산다면 누가 믿겠나
조금만 비틀면 그게 그거지
모든 식물의 밥이 구름이라는 사실
햇볕에 잘 절인 구름을 바람에 솔솔 헹구고
번개에 구우면 맛있는 소리가 난다네
그 맛은 축 늘어진 잎사귀에 물어보면 알지

지글거리며 호박전을 부치는 저녁
밭전(田)자 하나 들어와 상을 차리네
구수하고 달달한 된장찌개를 끓이다 보면
보글보글 뜨거운 씨앗들 소리가 난다네
고양이 발자국으로 속을 채우고
지렁이 꿈틀거림으로 무늬를 만들고
촘촘한 여분으로 씨앗을 품는다네

손 펌프를 부지런히 뿜어내면 둥근 것들은 부풀고
공기도 딱딱하게 굳어질 수 있다는 지구 과학론
가늘고 엉킨 줄을 따라 부풀어 오르는 호박들

별은 식물의 승차권
보름달은 탯줄이 끊어지는 밤 끝까지 여행을 간다네
덩굴은 달의 변두리를 돌아
너덜거리고 흙먼지 앉은 발바닥을 툭툭 털며
붙잡힌 생이 아니라고 잡으면 둥글둥글
끝을 알 수 없는 우주의 난간에 기대어
무수한 처음과 사방의 존재를 기억한다네
한여름 구름 떼와 햇살을 미어지게 둥글리며 돌아온
다네

서리가 내리기 전 날아오르는 이파리들
호박은 열기구처럼 날아간다네
호박 한 덩이를 다 먹으면 한여름을 다 먹은 거라네

오지로의 입문

자칭 씨는 매일 오지로 퇴근한다

사실 오지는 그리 멀지 않다
사람들은 세상 끝 어디쯤이 오지일 거로 생각하지만
자칭 씨는 그 대목에서 바람 빠진 풍선처럼 웃는다
오지는 바로 여기,
불가항력의 고통과 환상

자칭 씨는 사실 매번 길을 잃는다
오지란 그런 곳, 내 지적도에 없는
완전히 빠져나가지도 들어오지도 못하는 땅
언제 사라질지 모를 지붕과 대문의 주소
결심처럼 바짝 밀어 올린 뒤통수
벽과 벽을 밀며 자란 왕성한 야생성
이자와 실직과 월세의 나무줄기를 잡고
곡예를 한다
자칭 씨는 아슬아슬
멍으로 퍼져 간다

오지는 계속 무너지고 노랗게 추락해 바스러지는 얼굴
위, 새로운 도시를 건설한다
재건축이라는 공룡과 건물주라는 신
공룡은 오랜 시간 오지를 주무르다 조금씩 먹어 치운다
남을 것인가 떠날 것인가
잔인하게 자칭 씨의 손에 칼을 쥐여 준다

내일은 계시가 내려오는 만기일
자칭 씨는 생각한다
문명에서의 오지는 도심 한복판에 있다고

오늘부터 자칭에서 타칭이 된다

병동

환자들은 한 장의 종이로 누워 있네 건드리면 찢어지 거나 구겨질 태세로 神이 빨간 색연필로 허공에 줄을 그 리네 소매 끝에 붉은 꽃이 조금씩 번지네 저 피마저 소 진되면 신앙만 링거액으로 걸어 두어야 하나 깨어 있어 야 해 날것의 고통에는 짐승의 이빨이 있지 마주 보아야 해 사냥개도 흠칫 놀라 도망가게 입술을 깨물고, 깊은 주삿바늘 끝을 따라가네

절망도 필 때까지 피고
꽃 모가지처럼 떨어지기도 하지

병동은 병동을 마주 보며 오래 서 있던 사람들을 기억 하지 이불을 사계절 옷처럼 입고 있는 사람들 색을 잃고 백색의 베개 위로 수감 되고 종이 안에서 병명으로 선명 해지네 불시에 찾아오는 것들은 무거운 짐을 지고 오래 걸어온 그림자네 간밤엔 출구가 사라지고 입구만 남아 몇몇 그림자를 삼켰네 침상에 남은 쓸쓸한 머리카락과 주인 잃은 칫솔 체온은 고통을 따라 떠났네

병원 화단에 꽃을 심네
시한부 꽃들은 맹렬하게 태양을 따라 웃네
아무도 알려 주지 않는 내일은
얌전하기도 하지

물고기 등엔 가시가 있다

아무도 안을 수 없는 날
태양의 혓바닥이 미끄럼틀처럼 기울어진다
불손한 씨앗들이 우르르 쏟아진다
끝없이 목구멍으로
굴절된 발음 더는 견디지 못하고
물고기의 가시 돋친 등에
내 가슴을 비빈다
마음에도 가난이 있어
가시 돋친 너의 등이라도 필요한 오후
어디 나사 하나가 툭 빠지고
꽃 한두 송이 떨어지고
너무 개미처럼 살았어
우리는 자주 센 척하고 졸렬하고 연약했다

어제 나는 앙다문 입술로
최소 다섯 가지 죄를 지은 것 같아
눈꼬리에 힘을 주고 너를 미워하기로 했다
시간은 하루하루 잡다한 일들로 무용하고

구름 덩어리가 흩어지듯 미움도 오해도 결국 한 올씩
풀어진다
　갑자기 나는 순한 병아리가 되고 싶다

유치한 멜랑콜리
한낮 홀로 먹는 점심, 창문에서 식탁까지 떨어지는
햇볕 한 장
심장에서 소나기를 꺼낸다
가슴께에선 수시로 파도와 순풍과 천둥이 몰려온다
인간은 느끼는 감정들로 네가 아닌,
나하고 싸우는 일
등에서 자라는 가시들로 무리 짓는 우리는
누구를 안을 수 있나

노량진, 노량진

　파닥거리는 해협, 소금이 뿌려진다 오호츠크를 출발한 1호선 전철이 터널의 어둠을 발라내며 들어선다

　고래를 타고 노량진 외곽을 순환하다 돌아온다 단단한 동그라미 안으로 들어갈 수 없어 동그라미 바깥을 도는 매일, 해류가 모여드는 곳엔 겹치거나 뒤척이는 밤이 있다 잠 못 드는 답안지들과 고래의 뱃속, 멸치 떼처럼 밀려 들어 방향을 만들고 모두 그 방향으로 밀려가는 해류

　구부러지기 좋은 곳에 방 한 칸 있다 컵밥의 황금 비율처럼 짧아진 곳을 잡아당겨 균형을 맞추고 입을 헹구고 발을 씻을 것이다

　한밤 꿈속을 가로질러 가는 동지나 해 어디쯤 뱀장어가 있다 미끄러운 어종 쥐었다 놓치다 보면 아침이다

　고시원 창들은 매일 눕지 못하고 실눈으로 밑줄 치는 동그라미들, 비린내 나는 것들이 모여드는 원심력의 외각

엔 잠 못 이루는 학습이 있다 검게 칠해진 리트머스 점
같은 창문들과 철거되고 있는 정답의 칸들

　철로는 왜 그렇게 높거나 깊은 계단 밑에 있을까 달리
는 계단이 잠시 누워 있는 시간, 하루를 넘긴 욕망은 냉
동 창고 속에서 얼어 가겠지 창문 모서리가 동경 몇 도
쯤에서 방향을 바꾸고 있다 윙윙거리는 방향은 누구나
알 수 있는 곳에 있다

그림자의 집

먼지가 쌓이듯 지하가 자란다 가장 어두운 무대, 젊음 위에 노인을 씌운다 유서처럼 쏟아지는 고지서는 죽은 뒤에도 남아 있다 배우의 눈동자 가득 죽음이 스며든다 이제 적절한 적막과 슬픔의 부스러기로 도착했다고, 배우는 읊조린다 외워도 외워지지 않던 한 줄 대사처럼 지하의 어둑함 사이로 채광 한 줄기 스민다 한 번도 이런 조명 받아 본 적 없다 주연인 적 없었던 그는 어쩌면 내일 아니 한 달 뒤 신문의 일면을 장식할지도 모른다 어차피 먼지로 시작해 먼지로 사라진다면 다행이다 조명이 점점 희미해진다

시신이 발견된 건 여섯 달 후였다 이웃들은 노인의 파지가 가득 담긴 수레를 언뜻 보고 의심하지 않았다 수레는 노인의 삶을 교묘하게 포장했다 그의 집은 묻혀 있고 사람들은 지상에서 바빴다 지하는 어디서나 존재했고 어디에도 존재하지 않는 그림자 같았다 막이 내리면 감

32

쪽같이 사라지는 무대배경처럼 어둠이 내리면 자취를 감추는 지하, 모든 그림자가 지하 쪽창 근처를 서성거리며 어떤 삶을 살아야 했나 문득 뒤돌아보다 가는

    *

  지하의 질량은 어둠, 습기, 빈곤, 세 가지 원소로 되어 있다 지하는 어둠보다 더 큰 빈곤이 팽창할 때 빅뱅이 일어난다 혼돈의 의미는 모든 지하에 어떤 악영향을 주는지 상징적 계산이 필요하다 위층 사는 잉여는 지하를 낳았고 지하경제는 깜깜해서 아무것도 끌어올리지 못했다 간혹 지하를 떠난 나쁜 시절과 좋은 시절의 추억담이 계단을 오르내리고 그사이 찡그린 미간처럼 지하는 기형으로 자란다 오늘도 지하는, 양자 구도를 관통하는 블랙홀처럼 어디에나 있다

폭(暴)의 시간

행인들 겨드랑이에 한 덩어리씩 태양이 들어 있다
앗 뜨거워
시커멓게 그을린 겨드랑이,

헬멧을 쓰고 섭씨 40도의 머리로 달리는
오토바이들과 공사 현장은 이미 깨진 달걀처럼 흥건하다
철근보다 무거운 일상이 비뚤어지며
나약한 틈을 공격한다

뉴스에선 을과 을이 격투 중이다
아이는 뜨거운 차 안에서 혼자 싸늘하게 식어 갔다
명사들이 전하는 행복의 소소한 조건들을 들으며
조건은 조건으로 남을 것 같은 예감
올가미와 올가미들 가로수 같다

새들은 인간을 향한 웃음일까
비웃음일까
그에 화답하듯 건물은 추락하기 싫다며

높은 곳을 향해 솟지만
사람들은 그 지점에서 추락하기도 한다
폭염과 폭력과 폭언이 수류탄을 던지는 사이로
폭의 시간이 붉게 터진다

전선이 달린다
부조리와 선의의 양방향으로
한 뼘씩 시간이 벌어진다

올림머리 증후군

단 한 번 올림머리로
망하는 여자들

부푼 머릿속에 독사가 숨어 있었다는 것
핀 하나둘 뽑아선 절대 보이지 않는
아지랑이 같은 뱀의 혀들

그땐 그래도 좋았지
구름 잡는 과장 광고처럼
흐트러지지 않을 거야
날카로운 핀들의 합창
쑥쑥 뽑아내자 허물어지는 하모니

국가와 결혼했다는 여자도
한 사내에게 인생을 걸었다는 여자도

올림머리를 한 시간과
머리채를 잡고 싸운 듯

뽑힌 머리카락들의 축 늘어진 바닥들

몇십 분 축제를 위해
가장 높은 머리를 세우고
거품으로 사라지는
폐망한 왕조의 여왕처럼
'올림머리전문' 미용실 앞을
기웃거리며 재기를 꿈꾸기도 하지만

올림머리란, 핀들의 내심(內心)이고
얇은 종이컵에서 구워진 머핀 같은 것

바닐라 스카이*

거쳐 온 길은 다 오르막,
굴러떨어지지도 않는 잠에서 굴러떨어지는 꿈을 자주
꾼다

저녁의 대지엔 멍든 시간마다 돌멩이가 박혀 있다
그 끝에서 버티는 집들, 내심이 없으면 놓쳐 버릴 중심

여전히 떨어지지 못하는 이웃의 벽을 함께 지탱하고
있다
가파른 끝, 저 아래 사람들 돌멩이처럼 수군거린다
아, 무서워 벼랑에서 어떻게 잠을 잔단 말인가

하천이 고요할 때 하늘은 범람한다
쫓는 것과 쫓기는 것에 암묵적 경계가 있다
느닷없는 날은 이곳에서 넘칠 수밖에 없고
막다른 질감같이
피부 깊숙이 쏟아지는 예감

가끔, 휜 허리를 펴기 위해 분노를 터트린다

시간은 검게 상한 오물을 펼쳐 놓고 나를 비웃는다
헝클어질 때까지,
그래도 나는 자결하지 않았다

하늘도 궁색한 마음에 경계를 그어 놓지만
오늘은 좋은 꿈만 꾸기로 한다
바닥에서 높은 곳까지 승천하는 순간의 절묘한 색감처럼

몽환적으로 달콤하게

* 2001년 카메론 크로우 감독 영화이며 모네의 그림 〈아르장퇴유의 센강〉에서 영감을 얻었다고 함.

카운트다운

가난한 자의 투지는
하루를 줄이는 것

달력은 한숨의 공원
파란 의자 빨간 의자에 걸터앉으면
젊음은 빠르게 흐르고 지급해야 할 것은
더 크게 아가리를 벌리고 있다
속은 건지 속아 준 건지
불 속에 장작을 던지듯 젊음을 던진다

징검다리처럼 의자가 기다린다
의자를 소비하면 공원은 없어질까?
검은 의자는 페달을 굴려야 하고
한가로이 날갯짓하는 새도 노동을 하는 중
바람에 흔들리는 이파리도, 개미도
꿈틀거리는 것은 다 밥벌이를 한다
그래서 노동이 아름답다 했나

개가 주인과 산책 나와
걷고 꼬리 치고 공을 받아 낸다

"메리 잘했어."
주인은 머리를 쓰다듬고 개의 혀는 침으로 범람한다
개는 오늘 하루를 잘 견딘 것이다

무사히 늙음을 향해
하나의 한숨을 날려 보내며
창문을 닫는다
단지 하루를 건넜다

내 머리를 내가 쓰다듬듯
쓸어 넘긴다

잠자리

잠자리를 뒤쫓던 명랑이 있다 날개를 퍼덕이며 손가락을 희롱하던 발가락들, 기어코 꼬리에 실을 묶고 풀밭 위에 누우면 잠자리는 날아간다

동화의 내륙을 돌아 결국 너의 후미진 창틀로 내려앉는 잠자리, 세상에 없는 길로 동화는 탄생한다 방향을 돌리고 돌리면 미물의 이야기도 사람의 이야기로 둔갑한다 잔혹 동화의 서막, 잠자리는 아이의 입을 틀어막고 어른의 입을 붙인다 비행을 배워 본 적 없는 어른은 동화를 잃고 잠을 청하지만 가혹한 시간은 이불을 들썩이며 창밖의 흑수정 같은 밤을 흠모하는 가면이 된다

다량의 카페인이 필요하다 목구멍 속에서 꽃처럼 퍼지는 백야

밤은 아이의 세계, 깊은 꿈의 배려, 어른은 한낮의 호루라기, 비명처럼 울리는 고주파의 이명을 따라 달팽이관 밖으로 움츠려진다 낮은 어른을 호출하고 아이는 밤

으로 눕는다 아이와 어른의 발가락 사이로 해안선이 무너진다 내 손에 발가락이 닿은 최초의 시간, 손금은 따끔거렸다

잠자리 떼 아래서 빨갛게 달린다 달릴 수 있을 때까지 어른이 되기 시작하면 훌쩍 날아가 버리는

2부

버렸던 귀 찾아오기

버렸던 귀를 찾을 수 있을까

유물처럼, 혹은 화석처럼
귀가 발견되는 곳마다
엄마 말씀 듬뿍 들어 있네

잘못했던 선택과
그래도 그리운 그날들의 오보(誤報)같이
내밀었던 수많은 손들
그때 엄마는 내 귀에
얼토당토않은 말을 넣으며
훗날을 예언하실 때

손가락 두 개에 박혀 있는
'네 눈깔'이
흐릿하게 발견되네

눈깔은 삐끗 삐기도 하고

스스로 찌르는 곳이기도 하지만
엄마는 늘 악다구니 치는 마녀였네
언제나 내 앞길에 연막을 치는
성실한 공무원이었네

생판 모르는 놈과 뒤도 돌아보지 않고
내달리던 그날
엄마는 무서운 악담을 했지

딱, 너 같은 딸 낳으라고

버렸던 귀를 찾을 수 있다면
달라질 수 있을까

한 뭉치 봉인됐던 기억이 들어 있는
나의 귀는 이교도가 되었네

이상한 교실

우리는 당신들의 불편한 주간을 보호하기로 해 간혹
귀신도 안 물어 가는 애물단지들 눈에 넣어도 안 아픈
주간이 되기도 하지 어쩌면 엇박자 걸음을 보호하는지
도 모르지 우리는 원래 둥글지 않잖아 모서리가 많아 여
기에 모였잖아 가지런한 이빨처럼 공기는 의연하고 질서
정연하지만, 당신들의 눈엣가시들은 뒤죽박죽 연주를 좋
아해 봐, 나의 손뼉 나의 혓바닥과 자유로운 침의 착지
아무도 모를걸 나의 행동은 매일 초침을 빠져나가려는
의식 같은 거라고 당신들의 뒤통수를 확실하게 내리친다
는 걸 피아노의 높은음자리 뛰어다니는 교실, 아니 아주
느리게 기어 다니는 주간들, 야간을 보호받지 못한 눈동
자는 간혹 하품을 하기도 해 이 교실의 모양은 별 무늬
당신들은 자주 찔려 피나는 심장을 보호하려 어른 모양
의 아이를 교실로 보내는 거야 천진난만한 괴성 우리는
지치지 않아 우리는 모르기로 약속된 거야 우리의 목록
은 참 말귀를 못 알아듣는 사람들이라고 당신들을 향해
실실 웃지

담장, 장미 그리고 담배

형체가 없는 말이 있다
구부러져 다시는 펼 수 없는
우리는 그와 맞담배를 피웠다
식구라는 이름으로
그의 호흡으로 여럿이

병을 앓고 있었다
아무도 알지 못했다
고독은 유리 같은 병
깨지고서야 소리를 지른다

단념처럼 깨닫는 것이 자식이라는 동물이다

그의 가슴 한복판에 광산을 들여놓은 후
캐면 캘수록 든든한데 캘수록 치명적 상처가 되는
우리는 기침 소리 같이 울렸다

오전 11시 25분 그의 오래된 육신에서

올이 풀리듯 영혼이 풀려났다
담장에 불을 지르듯 장미가 타고 있었다
메케한 연기가 눈을 찔렀다

우리는 모두 강제금연구역으로 몰려가 손을 떨고 있었다
장미 담배, 매혹적이지만 위험한 스무 개의 유혹,
아무리 뒤져 봐도 그와 나의 추억이 스무 개도 되지 않
는다는 가시 돋친 말

장미가 현란한 담장을 지나다 발길을 멈춘다
유품을 꺼내듯 장미 한 송이 꺾어 불을 붙인다

몸에 쌓여 있던 광산이 꿈틀거린다
오래되고 낡은 흑백사진 한 장 눈 속에서 뚝 떨어진다

그와 내가 함께 담장에 기대어 맞담배를 핀다.

벽과 등 사이에서

사람은 벽을 앞세우고 살아갑니다

가끔 힘센 사람을 꿈꾸지만
늘 소시민입니다

벽을 넘는 순간 도둑 아니면 혁명입니다

어느 날 벽 같은 사람을 만나 상처투성이가 됩니다
나도 누군가의 벽일 수 있다는 생각을 하면
그렇게 억울하지는 않습니다
나도, 누군가가 항상 그리운 사회적 동물이고
인간은 내가 본 동물 중 가장 단단하고 물렁한 벽입니다
전진과 후진을 반복하는 벽입니다
벽은 양면성, 안쪽과 바깥,
벽 한쪽은 분명 반동입니다

밥벌이는 위대한 벽이지요
밥도 높은 밥, 낮은 밥, 장미가 핀 밥, 철조망 걸린 밥이

있습니다
　밥상을 펴 놓고 버킷리스트를 써 봅니다
　종이가 새하얗게 질린 얼굴입니다

　퇴근길에 검은 봉지마다 벽을 사 들고 온 저녁,
　네 개의 든든한 벽, 어느 곳을 기대도 밀어내지 않습
니다
　나에게도 기댈 수 있는
　기름때 묻은 등이 있습니다

신과 전당포는 모두 높은 곳에 있다

만삭의 여자는 해산달 즈음에
결혼반지를 뺐다
배 안에 허기진 달이 차오르고
여자 얼굴에 일몰로 떨어지는 태양
타오르던 장미는 담장 밑으로
꺼질 듯 쓰러진다

여자는 1층과 2층 또 6층을 밟고 전당포로 간다
신과 전당포는 너무 높은 곳에 있다
열두 번을 후회하고 열두 번을 회개하며
머리로 흐르는 땀방울
낯선 방식의 거래
태아가 무두질하듯 배를 두드린다
무슨 큰 죄라도 저지른 것 같아
불룩한 배만 바라본다
수없는 결심으로 따진다면
전당포와 신이 있다는 천당포는 비슷한 거리다
사막을 건너고 오병이어의 기적을 바라는 마음으로

한 달을 견디다 도착한 곳
전당포와 신은 가파른 곳에서 왜 여자를 기다렸을까
왜 사소한 사건들이 불행의 경사로
오염된 이불처럼 여자를 덮쳤을까
차라리 신도 악마도
여자를 잊을 때가 오면 좋겠다

전당포 문밖, 연둣빛 햇살이 몰려온다
여물지 못한 색이 아득하게
귓속말을 한다
아이는 심하게 요동치며
이 고행의 길목 앞에 발을
곰지락거린다

지우개를 사용하세요

지우개 사용법을 터득한 날 아침
먹구름을 지우기로 했다

고시원 사각 벽면도 나도
지우개같이 변하는 내일은 공갈빵이야
한껏 용기를 주잖아
몰려다니는 축제는 어디서 새고 있나
저기 풀 죽은 사람 좀 봐
면접 시간도 꽃피지 못한 이력서도 다
자유롭게 지워지길 바랄게

머뭇거림은 세 정거장의 길이와
버스 배차 시간 사이의 혼란
모든 일은 견디지 못한 바로 몇 초 전
시차 속에서 탄생한다

닭 머리를 달고 살아 보는 중이라고
조금 전 일조차 금방 잊어버린다는 대답

작년에 퇴짜 맞은 이력서를 두 번 접어
다시 들이밀며
그날과 똑같은 두근거림으로 면접을 보고 돌아서는
잘 접히지 않는 등은 데자뷰
법과 위법의 방정식은 손가락의 운동법
24시간 뜬눈의 사각 도시
몇 줄 이력서를 찢듯 단호한 대답은
펜을 쥐고 페이지를 넘긴 비만한 달의
실패담 즐비한 보름날의 예고편이지

가난한 날들은 빽빽한 검정
지워도 얼룩을 남기는 단어
얼룩도 꽃이 되기를

한 번도 맑은 구름을 밟아 보지 않았거나
이제부터 먹구름만 밟아야 하는 당신을 위해
지우개 사용법을 권할게

독이라는 이름의 독채

누군가 자꾸 찌르고 싶었던 소녀
가시, 상처, 바람개비로 소녀에겐
독채라는 집이 생겼다

대부분 씨앗은 미량의 독이 있다는데
내 미량의 독과 씨는 어디 있을까
어떤 미량에서 촉발된 소량의 앙갚음이 있나
묻고 싶을 때가 있다

상처가 자주 생겼던 무릎은
구불구불 보이지 않던
나의 뒤통수
혹은 골목 끝 양철 지붕 밑에 놓인
다 떨어진 소녀의 운동화 밑창에
뭉개진
소녀시대
상처가 구름 조각처럼 찢어진다
세계를 유랑한 다양한 바람들

믹서에 다 돌리고 나면
남겨지지 않은 살점들
통뼈로 견딘 나이만 남아
마른 날들을 지낸다

사막은 특정 지역에 국한된 게 아니다
독을 품고 사는 곳은 어김없이 사막
소녀의 팔다리에선 가시가 돋는다
홀로 견디는 법으로
독이라는 독채에서 살게 됐다

그림일기

이삿짐에서 나온 빨간 사과, 비탈진 계단 위에서 그만
떨어트리고 말았네

사과는 언덕 아래로 구르고 나는 언덕 위로만 굴러갔
네 내가 아는 길을 사과는 모르고 사과가 가는 길을 나
는 모르고, 사과는 굴러가고 나는 뛰어갔네

꼭대기에서 내려다보면 어딘가 있을 것 같은 빨간 이
웃처럼 반짝 빛나고 있을 것 같은데 누군가 밤새 사과를
깎는지 골목은 점점 더 길어지기만 하네

왜 그랬을까 사과나무도 아니면서 사과를 탐하고 이상
성으로 정해 눈을 달려 했나

나는 상수리나무 꼭대기에 걸려 있는 새, 길 위에서
서성거리는 고양이를 키웠네 고양이는 할퀴는 손, 낚아
채는 선생이었네 가벼운 낙법을 배우며 네 개의 다리를
갖춘 눈물은 왜 없는 걸까 생각했네

모든 뛰어내림의 가냘픔에 대하여 소스라치는 차가움
처럼 내가 놓친 사과는 어쩌면 사과가 아닐지 모르네

하나에서 둘로 불어난 사과를 봤고 한낮에 고양이 눈
을 보면 두 눈은 곯아 있었네 비문(祕文)의 반쪽짜리 달
뒤편을 들여다보듯 밤에 동물 눈을 보면 반짝 빛나는 사
과가 들어 있었네

사과는 야행성 으리으리한 집과 멀리 있는 집의 창문
엔 다 빨간 사과가 있다네

귀만 자라는 남자

잠 속에서 귀가 흘러나가요
꿈은 재차 물어야 귀를 이해해요

귀만 자라는 남자와 베개 싸움을 했어요
싸움의 말은 다 찌그러지거나
모난 일기예보를 가지고 있어요
침을 뱉는 말은 주머니에 손을 넣고 건들거려요

당신은 이야기를 덮고 자고 싶어 해요
베개가 흥건히 차도록 부드러운 말이 그리운가요
베개는 매일 말을 퍼 나르고
밤의 꼬리가 붙어 있는 순한 말을 길들이는 중이지만
시신처럼 고요한 팔베개는 숙면의 풀을 뜯고 있어요
말의 받침은 푹신하지만
얼룩진 말은 스며들기 좋죠

남자의 베개에 누우면 속삭이는 여자가 있어요
빨간 매니큐어를 바른 발톱으로 베개를 밟고 있어요

벽지가 형이상학적으로 당신을 목 조른다고
고흐의 해바라기가 귓속에 와글거린다고
적막이 위험해서 그랬다고 변명하는 당신

왜 꿈이 무음인 줄 아세요?
베개가 모두 흡수했기 때문이에요 얼룩진 집의 소문을
쥐며느리랑 대화하는 지긋지긋한 왕을 이해하는 거죠

충분한 잠이 필요해요
하루의 말이 모두 달려갔다고요
귀는 무한하게 커질 수도 있고
당신과 나의 말들을 조련할 수도 있어요
시끄러운 참새 떼라도 몰고 와야 하나요

아니 내 말을 구해 줘

어떤 노래는 누군가를 데려오고

사실 침대 밑에 숨겨 둔 오솔길이 있어
쓸쓸한 앵두와 늙지 않는 노래가
흐르는 개울과 비밀의 자갈
아무도 건드리지 못하는 우산
이마에서 빛나는 것이 흘러내려
어떤 기억엔 리듬이 있고
어떤 기억은 창백하지
덩그러니 허밍만 있는 머릿속
연주법은 너의 노란 장화와 흙탕물
생생하게 오래된 길을 기억하지
노래에 맞는 악기도 없이
내 노래를 다른 이가
치통처럼 흥얼거려

사라진 악기들 속에는 얼마나 많은 노래가 들어 있을까
너는 아니?
마이크 속에는 노래가 아닌 사람이 있었다는 걸
모든 노래에는 서로 바뀌어도 좋은

우리가 들어 있다는 걸

소나기가 쏟아지는 그날
화면 가득 운하가 흐르고 있었어
담장 너머 소나기는 황매화가 시들어 가는 오솔길을 따라
맨발로 뛰어가고 있었어
널어놓은 빨래는 순식간에 어두워졌지
너의 우산은 새처럼 날아가고 있었어
이상하지
단지 그 기억이 났을 뿐인데
어떤 노래를 흥얼거리게 되지

정박

은밀한 곳으로부터 골목은 떠나간다
그동안 몇 개의 골목들이 사라졌다

정박한 배들이 스르르 풀려나듯 손과 손을 맞잡은 집
들이 손을 놓고 있다

선실에 들 듯 자고 나면 멀리 다른 풍경이 건축되고 키
낮은 대문은 이를 앙다물고 담장은 마지막 허름한 겉옷
을 움켜쥐고 살았다

담보다 큰 나무들
간신히 머리만 보이는 이웃을 확인했다
물결이 무늬를 내며 흔들릴 때마다 어느 끝에서 왔는
지 모르는 사람들
시련은 구부러져 자신의 끝을 볼 수 없다

우리 집은 줄기가 휘어진 모퉁이에 있었다
양면엔 두 개의 문을 두고 타고 내렸다

오른쪽은 굳게 입을 다물었고 왼쪽은 패각처럼 문이
열려 있었다
바람이 불 때마다 왼쪽에선
소라의 쓸쓸한 허밍이 들려왔다

집들은 점점 이가 빠져 갔다
망망대해 같은 골목 끝으로 밀려가는 근친들
골목은 누구나 거쳐 온 조상이므로
먼 조상을 뒤지다 보면 골목 하나쯤은 다 나온다

아버지는 한때 골목의 심장으로 산 적 있다
가난은 계단 끝까지 오르는 거친 숨결,
계단 밑에는 숨이 찬 심장을 맡아 주는 목로주점이 있
었다
차가운 계절이 지나갔다
골목을 타고 항해 중인 배들, 대서양 어디쯤에서 정박
을 끊고 떠난 배들이 떠돌고 있다

달을 갉아먹는 집

누군가 달 귀퉁이를 아작아작 씹고 있다

집주인이 집을 비워 달라 했다
달세를 다 갉아먹은 텅 빈 하늘이 오슬오슬 떨고 있다

꽁꽁 언 빨래를 걷으니 저녁
잿빛 하늘에서 총총 눈이 내렸다
일기예보는 계속 적중했다
별은 숨어 있어도 날카로운 모서리는 추웠다
억지로 물려받는 형벌도 있다
앙상한 가지들이 허공을 흩트렸으나
어둠은 곧 집합체로 모였다

눈은 무게를 알 수 없는 적막을 안고
세 없는 잠으로 투신했다
갚을 수 없는 날짜를 산다는 건 아주 모호한 감정

바람이 예민하게 문을 두드렸고 나는

무국적자처럼 떨었다
저녁 대신 설탕도 넣지 않은 내일을 마셨다
창틀로 고요가 시끄럽게 쏟아진다
인생은 이렇게 중독성으로 살아 내는 것
커피색에 모두가 어두워진다고 생각했다
문이 없는 세상이 통째 나를 삼켰고
거미가 흔들리는 집을 지었다
환하게 보이는 사생활
흔들려도 살 수는 있겠지?

양 떼같이 몰려오는 눈송이를 세며 눈을 감는다
오늘 꿈은 맑았으면 좋겠고
봄볕에 졸고 있는 햇병아리 한 마리 사고 싶다

달이 성당 스테인드글라스로 반짝 떨어졌다

빨간 거짓말을 사랑했네

새빨간 것들을 사랑했네
선명해서 긍정이 되는 것들

피로회복제 같은 말,
나만 믿어
이런 말들
폭설처럼 행복이 몰려드는 착시 현상

참말이 나를 나락으로 떨어트릴 때
빨간 거짓말은 그물망을 펼쳐 나를 받아 내네
앳된 점집 여자의 반말에도 귀가 경건해지는
새하얀 의심의 눈동자에
자주 찾아오는 불신과 절망은 무채색
슬그머니 옆에 앉아 웃다가
순식간에 내 목을 분지르지

빨강은 옆집 오빠처럼
기타를 튕기며 노래를 부르네

아무 걱정하지 말라고
걱정은 그렇게 노래 뒤에 기대 있지만
거짓말은 가끔 다정을 흉내 내네

점집 여자가 빨간 입술로 말하네
1월엔 돈거래를 조심하고
7월과 8월엔 물가를 조심하고
12월에는 뜻하지 않은 횡재수나 손재수가 들었다고
아무래도 점집 여자는 시인인 것 같아
뻔한 세상사를 상징으로 표현하지

취업하고 월세에서 전세로 집을 갈아타는
고춧가루 솔솔 뿌린
세상 모든 새빨간 위로들을 사랑해

맷집

맷집은 맞으면서 단련되는 것이라면
주먹을 이해하는 자세로 맞이할 일이다

매를 맞을 때마다
울지 않았다
아픈 곳이 너무 많아
정확히 어디가 아픈지 몰랐다
매가 쌓이면 훗날 울음이 될 거라고
코치는 말했지만
그땐 정말 아픈 곳을 모른 체했다
내게는 피해야 할 주먹들이 즐비했다
멍든 곳을 보며 아름다운 환상을 꿈꿨다

한쪽 눈으로 울었고
이젠 등으로도 운다

허술했던 허점이
지금도 훅을 날리고 어퍼컷을 올려친다

현실성 없는 표를 손에 쥐고
일주일 달걀을 굴리며
퉁퉁 부은 간을 다독인다

결정적 한 방은 늘
초조한 곳으로 들어왔다
이후 그곳들은 약점이 되었다

맷집 속, 주먹들은 이동한다
뼈를 타고 가혹한 말을 타고
여전히 내 체급과 매치를 벌이려 한다

그게 그거였어

그게 그거였어

모든 걱정을 벗어나기 위해
서둘러 어른이 되었지
필연은 찾아올 일들
달려가 만날 필요는 없었는데
생활은 바른 것들을 통해
손가락과 직선을 알려 줬어
가끔 비틀거리는 걸음으로
뒤돌아봐도 좋았을걸
아침과 저녁 사이에 무엇이 있었나
빗질 못 한 머리카락 한 뭉치
자꾸 체하는 계절과
고장 난 수도꼭지

어른이 된 다음 걱정은
최소 두 가지 이상 나뉘었지
반듯한 것을 걱정하는 걱정과

벌어진 앞니 사이로 뱉을 수 있는 걱정
반듯한 걱정은 빠져나가지 못하고
자꾸 편을 만들거나
한쪽으로 기울어지는 도미노 게임처럼
앞서서 무너졌지

구겨진 옷가지들을 몸에 대 보듯
매일 빗질하는 사람의
헝클어진 아침으로부터
바짝 마른 발음은 쉽게 빠져나갔지
빠져나가지 못한 건 언제나
반듯한 어른이지

철심의 유효기간

가장 약했던 부분이 부러지고
일 년짜리 철심이 들어갔다

다리에 박힌 철심은 든든하다
일 년 동안 불구를 받들고 조바심을 시간 맞춰 챙겨
먹고
철심 때문에 일을 못 한다는
핑계가 아물어 가는 동안
불안도 함께 아물어 간다

일 년 후의 희망이 굳어 가는 사이
모처럼 핑계 속에다 늦잠을 들여놓고
가장 게으른 공원으로 지냈다

모든 핑계는 절룩거리고
철심이 있는 기간은 행복하다
오래되면 뼈와 함께 굳어 뽑아내기 힘들다지만
철심의 전지전능함도 온전한 내 뼈보다

못한 삐걱거림을 느낄 때
멀쩡한 뼈 하나 갖는 일이 딱딱하게 굳는다

뼈가 든든한 사람이 견뎌야 할
출근과 승진과 밥을 입에 넣는 일의 한통속들
사람이 흔들리는 것보다
집안이 흔들릴까 봐 걱정하는 사람들
철심이란 건 들어갈 때도 나올 때도 절뚝거리는 것

닥쳐올 일은 크고
지나간 일들은 모두 사소하다

3부

눈물의 태도

이 미끄럽고 짜고 매운 얼굴은 무엇일까
불현듯 나타나는 불시의 얼굴
감정의 등고선 위에서
춤을 추는 광대, 혹은 절규의 깃발

도로 위 트럭과 버스가 부딪쳤다
빛과 어둠의 충돌, 버스는 이미 텅 비었고
트럭은 앞이 다 구겨졌다
트럭 운전자는 자신의 체온을 잊은 듯 혼자 적요하다
사이렌 소리, 웅성대는 입들

울컥, 뜨거운 것이 치밀어 오른다
아무 연고도 없이 이래도 되나
무연고가 순식간에 맹수처럼 뛰어들면
누군가는 내가 되는 일

이것은 거울 효과
일당을 벌고 돌아가는 길,

아무래도 거울 속 나는 공손하게
찢어진 운동화를 추스르고 있었거나
눈물의 태도를 찾고 있었다

고전

그것을 펼치자 괴괴한 날씨 냄새가 난다
페이지 각도에 따라 조금씩 음영이 달라졌다

창백한 뺨을 내밀어 폐부 깊숙한 곳, 혹은
눈동자 너머를 훔친다
흡입한다
무겁고 권위적인 중세시대 관 뚜껑을 닮은 표지
약간의 하품과 두통이 찾아온다

그곳에 드라큘라 백작의 새하얀 얼굴과 붉은 입술,
먹구름이 커튼과 창 사이를 지나갈 찰나
백열전구처럼 켜지는 백작의 눈
먼지 풀풀 날리는 고서의 한 문장이 송곳니가 되어 목
덜미를 문다

　여보게, 친구 난 죽었다네. 그러나 신이 영원의 시간에
하루를 더 덧붙여서 나를 저주했다네, 그래서 나는 이곳
에 있는 것일세.*

고서의 살갗을 넘기면 투명한 벌레가 기어간다
보물처럼 반짝이며 서둘러 달아난다

주위는 숨이 멎고,
먼지처럼 조용히 머릿속에
내려앉는 파편적 이야기들
아무도
고서에 기생하는 불멸을 눈치채지 못한다
세기를 넘어서도 죽지 않는 비밀
문필가는 떨리는 입술로 발설하지만
비밀은 쉽게 문을 열어 주지 않는다

질투하는 책들이
그의 오래된 문장을 표절하는 시간

어둠을 선호하는 그의 세계는 잠깐 사이에
검은 커튼을 온 거리에 펼쳐놓는다

캄캄한 어둠에 침을 발라 구멍을 내고
그 속을 밤새 들여다본다

* 밀로라드 파비치 소설 『하자르 사전』에서 인용.

해변

스물에 바다에서 죽은 교회 동기는 여전히 저 바다 배경에선 스물, 아직도 졸업 못 하고 취업도 못 하고. 결혼도 못 했겠지 아니, 안 했겠지 나는 자꾸 시간의 주름 쪽으로 밀려가고 사계절을 따라 돌고, 일상도 그렇게 두 개의 해변을 갖겠죠

모래는 될 대로 되라는 자세로 널브러져 있더군요 모래의 혀가 있다면 해변 끝에서 끝으로 늘어져 있을걸요 하지만 조심하세요 모래는 양면성, 깊이 빠지는 모래는 없대요 발목 높이로 빠지죠 잔인한 내면을 숨긴 채 우리를 희롱하지요

해변은 두 개의 표정 사람들을 홀립니다 앞과 뒤가 극단적이죠 물보라 앞의 미소와 파도 뒤 죽음이 이란성 쌍둥이 같아요

긴 해안선 따라 사람들 고무줄놀이를 하죠 가끔 뚝, 끊어지는 광경에서 잠수하는 사람이 있고 솟구쳐 오르

는 사람이 있죠 찰나의 운명이 반짝, 거울처럼 앞 뒷면을 훔칩니다

썰물을 기다리는 아이 얼굴은 설익은 앵두, 물거품이 아이의 종아리를 덮치고 몸을 덮치고 힘껏 뛰어오르는 아이의 몸, 생은 맞지 않는 타이밍의 연속이라는 걸 아이는 아직 알 수 없겠죠 까르르 날아가는 아이 웃음이 저렇게 가볍다니 무거움은 살아온 시간과 비례하는 걸까요

물의 끝, 물의 시작, 동기는 끝에 있을까요 시작에 있을까요

나무는 나무를 부르고

나는 날카롭고 슬픈 손을 가졌다
지루한 겨울 저녁
잘려 나간 손이 매섭게 시렸다
나침반이 북극을 편애할 때
나는 수렁 깊이 뻗는
시린 나뭇가지, 그러므로
아픔은 지루함보다 즐거운 일
몇 천 년 살다 보면 무료함이
바위가 되기도 하니까
통점을 자극할 수 있다면
스스로 사지를 자를 수 있다
종족을 찾아 헤맨 시간
비참해라, 메아리로 돌아
다시 내 귀로 떨어지는
나의 목소리

적요한 종소리가 매일 나를 통과할 때
홍수가 지나고 사막이 지나고

폭설이 대지를 덮을 즈음 짐승 한 마리
기적처럼 발자국을 남기고
발자국 가장자리가 녹을 무렵
내 몸에 수액이 돌았다
첫 체온에
식은땀처럼 잎사귀 떨어졌다
숨어 있던 새가 날아오른다
새는 내 몸의 오한을 퍼져 나간 파문
누가 저 깊고 높은 외로움에 과녁을 매달았나
사라져 가는 것의 애잔한 테두리
나무는 나무를 어루만지고

그만이라는 말

그만하면 됐다
그만하자는 말
봄이 왔는데 온 봄에게 그만하자
그만하면 됐다고 말하면
봄이 멈춥니까

새싹 돋는 자리는
가장 간절하게 뜨거운 곳
노란 수선화에게
그만 노랗게 피라고
말할 수 있습니까

노란색이 다 피기까지
봄이 하염없이 짧기만 합니다

부끄러운 얼굴로
노란 리본을 달았습니다
노란색이 벼랑처럼 가파릅니다

세상에서 부모와 형제자매를 빼면
남는 것이 있을까요?
저 시린 리본은 그래서
우리의 것입니다

노란 수선화 알뿌리는
옹기종기 모여 봄을 기다립니다
누군가 훔쳐 간 봄을
하염없이 기다립니다
죽은 아이들의 봄을
죽은 아이들 부모와 형제자매의 봄을
그리고 수선화 꽃잎 같은
촛불을 들고 광장에 모인 사람들의 봄을

그러니 그만, 이라는 말
하지 마세요

민들레 착륙기

한 줄기 폭발음 뒤에 소리가 사라지고
정적 속으로 홀씨가 발사됐다

민들레는 바람보다 빠르게 날아올라
혜성과 같은 속도로 돌았다
봄가을이 같은 속력으로 돌아 주었다

솟아오름엔
바람의 관심 폭풍의 이름이 관여했다
시속 6만 6천 킬로미터로 바깥을 달리고 안에서는 고
요했다

계절을 건너고 너무도 가벼운 근원을 건너
빛이 발자국을 따라잡는 고단한 일상이지만
연착륙은 없었다
절정의 고요와 고요의 틈 사이
꽃 안에서 하루는 꽃 밖의 십 년이다
하루와 십 년 시차 속에서 겨울 별자리들

덩그러니 우주의 비밀이 되었다

착륙 순간 튕겨 오를 수 있는 홀씨에는
마음씨 좋은 지표면의 중력이 들어 있다

빛의 속도로 도착한 홀씨를 착륙시킨다
순간 볼트를 박는 뿌리들. 입사
우주까지 와서 취업을 했다
수습 기간도 없이 태양을 따라잡는 일을 시작한다
부서를 탐색하고 상사의 성향을 파악하며 뿌리내릴 궁
리를 한다
아직은 빛보다 그늘에서 서성이지만
행성은 돌고 도는 것

채광창을 펼치고 암석 지대에서 노란 신호를 보낸다
민들레, 행성에서 유일한 구조물이 되었다

나는 밤 고양이라오

달이 조명등을 켜고 백만 개의 털을 고르네 달이여, 나 이제 슬슬 앙칼진 영역을 떠나려네 어둠을 틈타 두껍고 무거운 책처럼 나를 쫓지 말아다오 눅눅한 남보랏빛 야맹 증을 밟고 사뿐히 어둠의 바리케이드를 뛰어넘어 나만의 사가르마타* 오르려네

하이힐 같은 담벼락을 좋아하지 정거장과 정거장의 뒤 죽박죽을, 밤의 여행지로 떠나기 전 설렘이 꽃물 든 발바 닥에 흥건하게 배어드네 나는 도도한 아가씨, 두 눈에 퀘 이사** 렌즈를 끼고 나뭇가지 끝에서 춤추는 물고기 떼를 보네 황금빛 골목이 출렁이는 한밤의 갈라 쇼, 나무들 피 리를 부네 어둠이 가장 높은 음역대로 행진하네 계단은 후미진 저음과 발랄한 롤러코스터, 여행은 그런 거지 칼 에 베인 상처 위의 흥겨운 일회용 밴드, 리듬에 맞춰 가벼 운 별책 부록처럼 부드러운 벨벳풍의 일탈 속으로 떠나네

---

* 네팔에서 부르는 에베레스트산의 명칭으로 하늘의 여신, 세계의 정상이라는 뜻.
** 지구에서 가장 멀리 있는 천체.

정월의 16일

빛은 누구를 비추느냐에 따라 달라진다

창문에 빛들이 서성거리다 커튼에서 희끄무레해진다
모호해진 빛처럼 기호들 무능해졌다면 그것은 지구의 한
귀퉁이가 굳어 가는 것과 같다

어젯밤 꿈에 호두와 땅콩이 품절됐고
머리 큰 쇳덩이로 흉몽을 내리쳤다

이파리가 떨어져 나가는 것은 얼마나 아름다운 자유
의지인가 인형이 되어 가는 몸 안에서 저 혼자 자라는
생각들, 사각 침대에서 고군분투 중이다

누가 알 것인가
썩지 않는 고통과 싸우는 무모한 치욕을

할머니는 말씀하셨다 보름에는 부럼을 깨야 피부병이
생기지 않는다고 할머니는 초현실주의자의 자투리 천으

로 인형을 만들어 주셨지만, 구체 절지 인형은 탄생되지
못했다

　그때 나는 깰 수 없는 거대한 호두 머리 인형을 선물
받은 거다 할머니 왜 저런 인형을 만든 거죠? 나의 기원
은 도대체 어떤 실로 꿰맨 거예요? 부지런한 할머니, 엄
마의 인형에서 멈추지 그러셨어요

　어제는 대보름
　단체로 액운을 깨트린 날

　피할 수 있으면 피해 봐 내 액운이 가장 크게 웃으며
떠날 줄 모르는 무서운 날의 뒤끝 젠장, 친절한 할머니
만 떠나신 날

　욕창이 매일 찾아오면 통증은 욕이 되고
　등과 가슴 간격은 백 년처럼 지루하다

자유로웠던 몸의 기억을 더듬는 정오, 털 빠진 새가
창 안으로 들어와 땅콩 부스러기를 쫀다 오늘 점심 메뉴
는 역시 액운을 좇는다는 붉은색 오곡밥의 리바이벌

  그리고 세상에서 제일 큰 망치 좀 주시겠어요

감자에 싹이 나고 잎이 나서 쌀쌀쌀

감자에 싹이 난다고 쌀이 될 수는 없다
가난은 별식이 되고
풍요는 갈수록 가난의 역습이 된다
배고플 때 먹던 음식이
살 빼는 건강식이 되어 돌아왔다
그러므로 쌀은 더는 자본을 대신할 수 없다
한 줌도 안 되는 한 벌 옷이 한 마을의
쌀농사 수맷값과 맞먹는 가격이라면
노동과 자본이 어긋난 맨틀이 되는 것이다

자, 지금은 감자에 싹이 나는 시기
망해도 흥, 흥해도 흥,
감자꽃은 불끈, 꽃을 추어올리고
농부는 읍내의 부동산 앞을 어슬렁거린다

가난했던 시절 음식은
추억의 식단에 별식으로 올라와
고가로 팔자를 바꾸겠다는데

사람의 가난은 왜
이 모양 이 꼴로 여전히 천대받나
땅은 빌딩을 세워야 대우받고
아무리 감자에 싹이 나고 잎이 나고
쌀이 난다 해도
가난에는 돈이 열리지 않는다

어제의 약속

당신 새끼손가락에서 라일락이 필 때
시간은 뒤로도 걸어요

천변 근처 언덕으로 뛰어갔지요
바람이 종아리 근처에서 회초리로 장난을 걸어요
어디서 온 걸까요
흔들리는 어금니풍으로 깔깔거려요

당신 눈 가장자리가
아코디언처럼 접혔네요
경쾌한 음악이 흘러나와요
우리 키스할까요
라일락꽃 시발시발 흩날릴 때
당신 몸이 주름에서
가시로 충만할 때까지

당신 새끼손가락에 라일락은 피지 않고
시간은 앞으로 걷네요

라일락꽃은 미리 피거나 미리 져서
손톱 밑을 찌르는 사월
그렁그렁 꽃잎 마르고
당신이라는 작자는 늘 그년그년 도망쳤지요

정신없이 찾은 라일락 아래서 나는
퇴폐의 향기로 늙어 가지요

소녀였을 때

뒷좌석의 덜컹거리는 리듬을 좋아했지
까르르 책임 없는 웃음 뭉치
소녀들은 눈송이를 뭉쳐 파랗게 던졌지

그때 날아가고 날아오는 궤적을 보게 되었지

리넨 앞치마를 두르고 사과를 오리고 오븐에 파이를
구웠지
사실 노릇해진 얼굴 위로 기차가 지나갔어 집시가 되
고 싶었거든

시험지에 빵을 올려놓고 소녀들은 생소한 얼굴로 기차
의 빈 좌석을 두리번거렸지

이상한 통증을 즐기고 싶은 계절이었어

마녀들은 사방에 깔렸지 빗자루 하나쯤 빌려 탄다 해
도 집이 멀어지지 않을 줄 알았어 이유? 자두를 씹으며

씨앗을 뱉었거든

  물방울 원피스는 말려도 말려도 물방울이 마르지 않
았어

  소녀가 소녀를 넘어서고 싶은 사이 덜컥, 정차하는 기
차역 같았지 소녀 시절은

  자, 이제 청소는 너의 몫이야
  그런데 뒷좌석이 없었던 거 알아?
  나와 마주 앉았던 소녀들을 돌리면
  뒷좌석이 되는 것, 알았던 거야

당신이 없다

그날 불 꺼진 마당을 지나 부엌에 발을 내디뎠을 때 알
았다 어둠 속에 푹푹 빠지는 없다, 라는 말

누군가 앉았던 체온이 한 사람처럼 만져진다 실존은 사
라졌지만 이름은 부를 수 있다는 말

서정적으로 쌀을 씻을 때 스스럼없이 당신의 자리는 일
어나서 서성이고 소스라치게 놀라며 밥을 푸는 주걱을 놓
친다

부엌은 깊은 구덩이가 되고 나는 자꾸 밥을 퍼 메운다
당신의 밥그릇이 사라지고 숟가락을 놓친 손이 어두워진다

하나둘 먼 기억은 희끄무레한 곳에서 점점 선명한 곳으
로 이끈다 오늘도 거대한 식탁이 차려졌다

당신은 줄이 끊어졌고 식탁을 불태우는 도화선이 된다
우주처럼, 당신 빈자리는 넓어진다

창밖, 짙푸른 초록을 그리워하며 당신은 무중력의 세계
로 떠나고 설익은 농담처럼 아침이 왔다

조언들은 다 죽었다

왜 인간의 일을 인간에게 묻고 있나
명사 앞에 붙이는 부정사들
어리석고 무지하고 덜떨어진
내가 잘살고 있나 독백에게 묻는다

누군가 나에게 잘살고 있다고 믿는 믿음으로부터
허언으로부터 점점 멀어지고 있다
우리는 말(言)의 빈곤자들
당신들은 왜 그렇게 쓰고 남은 말들이 많나

고양이의 수억만 개, 털 같은 눈발이 날리고
너의 인내가 키우지 못한 식물은
눈 위에 선명한 발자국을 남기며 떠나지

집에 도착하니 집이 없다
지붕이 없고 방구들이 없고 가족이 없다
투명하다
길은 분해되고 쪼개져 점차 사라져 간다

누가 길을 지운 걸까

사는 것에 조언을 아끼지 않았던 사람들
조언은 다 죽었다고
중심이 되지 않으려는 소리,
조언들은 기우뚱거렸다는 것이다

그러니까, 저녁의 창문을 왜
한낮의 햇빛에게 묻나

봄, 짧은 낮잠

  우주 쇼를 본다 겨울 동안 긴 게으름, 그리고 세수, 눈 녹은 화단 한 평으로 얼굴을 닦는다 실눈 틈으로 여린 뿌리 하나 들어온다 작은 씨앗들이 폭발하고 팽창하고 골목의 단단한 보도블록이 출렁! 희끄무레하던 골목이 날아오른다 무릎 까진 듯 빨간 봄, 누군가 입김을 불고 있다는 느낌

  투명한 곤충들 날아오른다 바람은 대지의 혈관을 타고 흐르다가 수명을 다하고 꽃잎은 나비로 환생하는 변태를 꿈꾼다 팔랑! 설익은 소년과 소녀의 반팔 위로 푸른 소름을 옮겨 받은 노인의 눈동자가 잠시 꾸는 꿈, 한껏 허공을 쥐어 잡는 이름 모를 풀의 악력이 눈물처럼 커지는 가혹

  구름이라는 짧은 베개 위에서 후드득

  씨앗 봉투에 인쇄된 종의 가계(家系)를 흠모하며 다발성 모의를 시작하는 어느 봄날의 절정에서 초신성 꽃들

이 앞뒤를 다투며 터지는 봄, 칸이 모자란 사다리 설핏
엿본 우주

  목련 그리고 목련, 이름을 가진 봄날 꽃들은 우주를
떠도는 각기 다른 별이라는 것 내 낮잠까지 흘러왔다 문
득, 서로 부딪쳤다는 것

놀라운 신전

느티나무가 새를
꽃이 나비를
달이 고양이를 낳는 것을 보았네

찬반의 이파리로 서 있는 느티나무
간들바람이 왜 부드러운지
햇살이 반짝이는 촉을 세우며 무엇 때문에 달려가는지
구름이 쏟아 내는 빗방울이 어떤 생각으로 모여드는지
공개 투표를 하고 있다네
느티나무 단단한 기둥 안에
해바라기 올망졸망한 씨앗 안에
신전이 있다네

나는 수많은 푸른 눈의 사용법과
노란 귀의 예민한 청각이 담장 너머
무얼 들었는지 알지 못한다네

알 수 없는 일을 서로 나누어 가져서

우리는 예의라네

아득한 밑과 높이 사이에 왜 나뭇가지를 두었는지
바람의 몇 번째 손가락이 저 느티나무의
세 번째 척추를 건드려 세상이 푸르러졌는지
태양은 해바라기 목에 어떻게 순종도 굴종도 아닌
목줄을 걸었는지 단단하게 박힌 씨앗과
쥐의 계단을 알지 못한다네

다만 본다네
고양이가 왜 어둠을 두르고 명랑해지는지를

4부

토끼 발자국으로 숲의 불이 켜질 때

불이 타오르는 산등성이에서
날개를 가진 이름을 다 날려 보냈네
눈의 계절을 밟고 뛰어가는
허기진 토끼 발자국으로 공터가 생기고
13월,
불 꺼진 숲이 생겼네
새가 푸드덕 성냥불을 긋네
청명한 불이 파릇파릇
생명의 잔치, 누가 소멸을 노래했나
불구덩이에서 태어나는 귀만으론 부족해
열려 있는 구멍마다 환하게 문을 여네
눈물처럼 매달린 푸른 글썽임
지구의 고정직인 나무의 노동,
컨베이어 앞에서
꽃피고 열매 맺고
앙상해지는 자웅 수태를 반복하는 나무들

하늘은 나무의 푸른 입김

푸른빛은 별까지 올라가 죽은 이의 눈동자를 가져오네
찬양하는 톱질과
황사를 불러들이는 환몽
마당에 서늘하게 젖어 드는 별 부스러기
동절기 웅크린 듯 직립의 잠을 자는
숲은 가을 청둥오리 떼의
이주하는 날개 온도로 더욱 붉어지네

지나가는 방향은
푸른 불꽃이었다가 붉은 불꽃이 되네
푸름과 붉음의 간격에는
주야간 2교대도 아닌 숲의 **빽빽**한 노동
하늘은 더 높이 수문을 열었다 닫았다
일조량을 조절하네
나무는 묵음 수행 중이네
백로와 한로, 대설의 징검다리 끝은
미끄러지는 빙판이라네

동화의 딜레마

숲이 있다 숲에는 아이가 다섯, 비루한 부부가 기워 놓은 양말 위로 별들이 밤새 불침번을 선다 누가 떼어 가도 모자라지 않을 반짝이는 꿈, 아이는 아비의 손에 들린 봉지 안에서 노랗게 익은 귤을 까고 그 속으로 달콤한 여행을 떠난다 달콤이란 신기루, 몇 알의 환상처럼 잔혹했던 때, 먼 나라의 아이가 우리의 이야기를 들으며 함께 악몽을 꾸는 밤, 잭 없이도 콩나무는 무섭게 자라고 거인은 계속 되살아난다 그래도 아이들의 꿈은 비대하게 자란다 부부의 머리카락을 아이는 주홍거미가 어미를 먹듯 뽑아 간다 아이는 콩쥐가 되고 어린 왕자가 되고 섣부른 철학자가 되어 있는 힘껏 숲을 벗어난다 일장춘몽처럼

꿈만 배불리 먹은 어린 시절이 검은 봉지에서 와르르 쏟아진다

앞발을 핥는 담장

정글처럼 무성한 털이 왼쪽 춤을 췄다 이곳은 우리의 소파, 사색을 즐기는 햇살도 영역이 있어 쾌청한 날이면 늘 저곳에서 뒹굴다 가는 따뜻한 고양이, 연간 일조량을 조사하기 위해 고양이를 연구하면 될까 추운 곳마다 고양이를 밀어 넣으면 기온이 상승할까

고양이는 기다린다 앞발의 꼿꼿한 발톱과 장난기를 세공하며, 아무도 모르게 분신술로 은거하고 어슬렁거리며 나타날 햇살이라는 새로운 품종의 고양이를

앞발을 핥는 천한 시간
고양이는 일인용 휴양지다

불임의 역점 사업이 한창인 싱글족들, 나비라는 이름은 전설이 되고 날렵하던 목덜미에 고독이 벽돌처럼 쌓여 있다

소파 위로 햇살 조명 하나둘 꺼지고 푹신한 발리 보라

카이 카프리 차례로 구름을 타고 밀려왔다 흘러갔다 선
과 선을 찢으며 와인빛 어스름이 긴장을 풀고 똑똑 저녁
의 밥숟가락을 부딪는 낯선 식탁 밑, 자동차 엔진처럼 식
어 가는 우리의 벼랑

　도도한 그림자는 긴 다리의 어둠을 가볍게 입고 꽃잎
처럼 네 발을 펼치고 야옹, 불야성을 피해 구름과 구름
을 점핑, 고개를 쳐들고 더 높이 무거워지는 거야

거기에 구름과 고양이가 있다

고양이와 구름은 같은 족속
뿌리를 들추면 털이 날린다

여름에 구름은 부지런한 혓바닥
태양을 박박 문질러 광을 낸다
빛은 먼 나라까지 갔다가 되돌아온다
날렵한 발톱 끝에서

소나기 쏟아진다

고양이 눈동자에 계절이 뛰어논다
장마는 사나운 털갈이 계절
구름은 웅덩이에 날렵하게 내려앉는다
대부분 육지 동물의 몸은 겨울
털 없는 겨울은 동굴이다

바람이 불고 갈대풍의 쓸쓸한 구름이
대지를 쓰다듬고 지나간다

시베리아를 막 넘어가는 구름은
고양이 등같이 움츠린다
구름은 몸을 턴다
고양이가 뛰어내린다
털이 흩날린다
누군가 재채기를 한다
간질간질 간절기가 짧다

변덕스러운 족속이지만
잘 다루면 구름과 고양이는
아랫목이거나
식물의 뼈로 사용할 수 있다

보라의 사육제

담장이 없는 보라는 없지
비스듬히 기대는 보라

금서 같은 손이 나를 움켜쥐는 순간
내가 넘실대는걸
수천 개의 거울 뒤에 숨어 훔쳐봤어 순식간에 보라가
몰려오는 것을

담장, 누구나 뒤꿈치를 든 높이를 갖게 되면 보라는
멀어지고 말지

자꾸 얼굴을 숙이는 봄,
몇 명의 여자가 들락거리는 시간을 지나서야
우리는 사춘기의 얼굴을 갖게 되지

거울 속 내 얼굴만 봐도 설레지

단정 지을 수 없는 무리로 도처에 피어나는 감정은

몽우리로 아프지
말랑말랑한 보라에 햇살 같은 거웃이 돋아나지

이것은 축제가 끝나고 있다는 징조
보라의 날이 쉬지 않고 얼굴을 떨어뜨리고
담장 밑 보라색 꽃을 밟으면 깨진 거울 밟는 소리가 나지
잔가지들이 모여 입을 가린 말을 나누지

그리운 시절을 여전히 넘겨다보려는 듯 담장 곁에선 또
각또각 소리를 내지
사춘기가 끝나고 나면 생기는 소리지

햇살이 보라의 터널을 통과하면 나는 아주 큰 거울을 갖
게 되지

장롱

가령, 오늘 날씨는 장롱 속 같다고 느낄 때
안개가 가득 들어 있는 주머니
검은 악어는 눈알에 녹이 슨 채로 십 년 동안 외출을
하지 못했다
버리기에 서운한 애착이 가득 찬 뱃속
허겁지겁 먹어 치우는 습성이 생겼다
네 곳 모서리를 삼킨 뒤부터, 버티는 중력이 생겼다

별,

이사 갈 때마다 느끼는 것은
네 개의 별을 폐허에 두고 간다고
폐허를 남긴 별은 이번이 마지막이라고 되뇌지만
인부들이 번쩍 든 곳마다
먼지층이 가득한 별
악어의 눈물에선 쇠맛이 난다
다시 커다란 문 두 짝이 달린 곳
좀 벌레들은 폐허의 중력

위험한 순간은 대부분 꼬리에 있고
꼬리를 자르는 저 별의 학명은 도마뱀 행성
빛과 그늘의 함축으로 유영하는 별들의 야반도주

별의 표면을 둘둘 말아서 버린다
탐사선이 보내는 자료에는
구덩이의 흔적이 많다
헐떡거리는 경사를 자르고 검은 웅덩이를 탈출하는
오늘은 별의 표면을 펼쳐 놓고 폐허가 됐지만
한때는 어떤 힘이 있어 한 집안의 전부를 담았었다

모서리가 삭고 문짝이 떨어지는 힘으로 폐허는 사라진다
장롱은 목성으로 떠났다

우물

이것은 최초의 지하 건축
위에서 아래로 쌓아 올렸던 민심,
우물에선 쌓인 물맛이 나지만
우물은 몰살의 상징
어느 밤의 모략가가 풀어놓은
음모가 숨죽여 스며든 곳.
한 마을의 기일이
같은 날 고여 있기도 한
풍덩, 소리가 나는 석축
눅눅함의 한계 시간이 되면
파란 털들이 돋아
다시 살아나는 돌들

폐정은 카타콤
오래된 몰살은 뼈들을 걸고 연대한다
전설과 진실 사이를 서성인다

우물의 키는 점점 마모되는

파릇한 봉분 같다
파묻히거나
발견되는

학살에는 후손이 없다
단체로 물려받은 요란한 기념식과
달력의 한 귀퉁이에 버려진
붉은 날짜의 무덤들

꽃들이 펄펄 끓고

고양이가 부글부글 끓어오르는 여름이야
살구나무 이파리에 누린내가 내려앉았고
바람이 코를 막고 서둘러 지나갔어

여름 내내 동네 사람들의 귓속말에
흰 수염 몇 가닥이 흔들거렸지
고양이가 사라졌다고
우리 집 화단 흙이 윤이 난다고
방문을 긁는 소문은 꼬리가 말려 있었지

아빠는 화단에 맨드라미를 심었고
고양이 뼈를 받아먹은 꽃밭에서 맨드라미가 불타고 있
었어

내 뼈에 물을 담아 놓을게
와서 핥아 먹으렴

나는 담장이 되고 늦은 밤의 폐가가 되어 줄게

양은솥에서 부글부글 살구꽃이 피어
내 담장 밑에다 네 척추를 버려두고 가렴
알약을 쏟으면 야옹, 발톱이 돋아나는 뼈에
꽃피워 놓을게
가르릉거리는 효험을 놓고 갈래

나는 바람보다 더 가벼워져
늦가을 담을 뛰어넘었어
내 뒤를 누린내 나는 착지와 고양이를 닮은 구름이 따
라왔어
고양이 털이 주룩주룩 쏟아져 내렸어

솥이 철거되고 고양이들이 늘어났어
맨드라미꽃이 밤이면 미요미요 노래를 불렀지
누가 불을 땠는지
뒷마당 화단의 꽃들이 펄펄 끓었지

여름의 안쪽

끌어당긴다, 중력

얼굴들 수북이 떨어진다

아름답구나

아름다움을 밟으며 여름의 무대를 지운다

노천, 더는 흐르지 않는 물

털옷 같은 수중 곰팡이

군청색 입 냄새

바람이 핥는다, 마지막까지 삼켰던 물기를

드러내는 숙주였던 돌의 모습

푸른 것에 짓눌린 것도 있었구나

바람이 슬쩍 건드리면

푸른 손바닥 안쪽에 접어 놓은 운명선

모든 안쪽엔 의도된 세계가 숨겨져 있다

봄에 잘못 들어선 골목을

여름이 되어서야 돌아 나왔다

환상상회

나는 불가능의 상점

숲속에 달빛을 조금씩 팔았어
숲은 풍선처럼 부풀고 나무의 다리는 휘청거렸지
엉덩이가 큼직한 달덩이 한 통을 더 주문했지
달은 달을 낳고 또 달을 낳았지

숙성된 발이 되거나 썩은 손이 되는 이야기
잘라 내면서 이어지는 이야기에는
으앙, 울음이 있지

이 가게의 히트 상품은 시즌과 관계없는 것들
주머니를 뒤집어 벗겨 먹는 건 아무것도 아니지
그러다 코끼리 발로 쥐를 잡기도 하지

한 주 동안 문밖을 나가지 않았는데
밖은 벌써 백 년이 흘러 있네

바슐라르에서 새벽까지 베를렌에서 자정까지
어둠에서 한낮의 책상 위로
희끄무레한 전등이 잡아먹는
머리카락 속의 쥐들과
올빼미 그림자라도 놓지 않으려는 곤두선 머리카락

나는 중독자
느린 지느러미를 끌고 라면을 끓여 먹으며
상품을 생각하지

잠자리는 아직도 파득거리고
밤은 규정 근로 시간이 없지
가게 문 닫을 생각도 없이
불가능한 것을 엮고 있는 잠자리

충혈된 눈알의 재고로 넘치는 가게
손이 썩거나 눈이 썩어 가는
제목의 상점

집이라는 역사

여기에서 야만과 몽매가 자랐다
오른손으로 맞고 왼손을 키웠다
우는 아기의 알몸을 닦고
가문이라는 외고집의 돌담을 쌓았다

폭력은 몽매와 야만의 다른 이름으로
방들을 들락거렸다
그것들은 안에서 부딪치고 부서져
때때로 아름답게 빛났다

이상한 일이었다
울분도 때로는 동맹을 맺고
유려한 역사를 만든다

이곳엔 슬픔과 환희의 미치광이 신이 살고 있었다 가
장 먼 곳을 선망했으나 늘 가까운 곳으로 돌아오기를 희
망하는, 젊음을 지나 우리가 종종 뜬금없이 멈춰 선 곳,
모든 집은 몽매와 야만이 함께 싸우며 기둥을 지켰다 난

해한 대문을 열고 강철처럼 빛나는 인간이 문명 속으로
걸어간다

　　문명은 골동품 같은 옛집을 허물며 자라지만
　　가끔 무너진 옛집이
　　밤마다 보물처럼 찾아와 눈이 먼다
　　그러니까, 맹목과 야만으로 당신들이 지키려 했던 게
　　저 집이었나
　　아니면 혈육이었나

　　우리는 간혹 쓸쓸함이 찾아올 때
　　그 집의 운치(韻致)를 추억한다

버블 욕조

방주형 욕조에 누운 여자의 곡선을 이해하는 욕조는
아름답다

이국적인 호명을 입는다는 것 참 쉬운 일이다 레즐리
도로시 티아라 비비안 프롯핑*
오늘은 색다른 블루스카이로 날아본다

여자의 몸에서 끝없이 퍼져 나오는 물방울들이 포진을
이룬다
방울마다 묶인 흔적들
여자가 손을 저을 때마다 몸에서 터져 나오는 방울들
버블은 유리그릇처럼 날아오른다

실크 두른 듯 매끄러운 인생에 대해
자주 방울을 쏟아 내지 않으면 돋아나는 포진에 대해
이렇게 많은 매듭이 들어 있다는 것에 대해
쉴 새 없이 등과 가슴에서 풍풍풍 치어들이 튀어나오
는 것에 대해

무지개가 뜬다

블루스카이는 섭씨 39도로 녹아내린다
넓은 창밖에선 뻣뻣하게 곤두선 나무들이 안을 들여
다본다
나무는 지금 몇 도일까
푸르게 끓고 있는 손가락들

블루오션 향초는 지중해를 길어 나르고 혀는 프랑스를
맛보고 있다

신경계를 돌아다니는 여자 속의 수많은 여자가 다 사
라질 때까지 콧노래의 불치가 첨벙거린다

* 입욕제

비를 소비하는 감정

물웅덩이는 구름의 폐허
폐허의 색으로 사진전을 엽니다.
물컹, 액자들이 부서집니다.
우산이 지나갈 때 비는 직선을 버리고
잠시 얼굴만 남습니다.
바람이 비를 관통할 때 비는
휘어진 빗방울로 똑똑 추억을 노크합니다.

당신 취향은 어떻습니까?
레드, 블루, 화이트 혹은 폐허

적요한 눈동자와 우울한 동공의 체위는 다릅니다.
발자국을 따라가지 마세요.
그 끝에는 큰 발의 위험한 수위(水位)가 있습니다.
살짝, 지나가는 유치한 노란색을 훔쳐봅니다.
레몬처럼 상큼한 윙크가 되기 위해
구름이 마스카라 번진
속눈썹을 깜박입니다.

어느 숫자에서 검은 양의 셈이 다 끝날지 상황을 분석합니다. 맑음과 흐림의 신호등을 세웁니다. 여담입니다만 검은 양의 건널목은 계속 빨강일 거라고 할머니가 말씀하시네요. 몸에서 삭신 한 통이 다 소진되려나 봅니다.

　하얀 솜이불이 널리면 우산을 돌돌 말고 손차양 그늘을 만들어 찡그린 콧잔등 계곡에서 아이스크림을 팔아야겠습니다.

　사람들은 나뭇잎과 꽃, 커피 향 속에 모여
　하루치의 감정을 마시고 있지만
　젖은 등짝엔 아직도 폐허가 자라고 있군요.

　다행입니다
　침수되지 않아서

중력의 밑변

은행나무 아래서 나무의 세계가 밟히는 걸 보았어요
가을이 아니라도 우리는 간혹,
어쩌면 자주 추락하거나 밟히거나 부서집니다
미간에 너무 많은 슬픔을 숨겼군요
속눈썹은 눈물로 자라는 숲
무성한 우리의 영혼은 걱정의 새랍니다

사차선 도로로 굴러가는
우리의 하루가 멈춰지지 않아요
제발 파란 불의 보호색을 칠해 주세요
사람들은 다 '우리'에게 불려 가거나 밀려나는 중입니다
우리는 우리의 테두리로 폭력을 행하고
폭력을 만나는 순간들입니다
흰 것과 검은 것의 경계는
우리에게 어떤 의미로 남을까요

곧 닥칠 눈보라 속에
묻히고 녹아내린다 해도

무너진 세계가 회복되려면 얼마나 많은 세기가 희생될
까요
바닥은 무언가를 잡아당기려 호객꾼을 보냅니다
위와 아래를 나누어 물으면
답은 어떤 얼굴로 남을까요

밑변을 메우는 우리
어제 흘리다가 숨겨 놓은 몇 방울의 감정을
함께 모여 나눠 볼까요

난쟁이의 달나라

맹문재(문학평론가·안양대학교 교수)

1.

조미희 시인의 작품들에서는 조세희의 『난장이가 쏘아 올린 작은 공』*의 분위기며 비유, 이미지, 환상성, 주제의 식 등이 나타난다. 기형도의 시들에서도 조세희의 소설 세계가 나타나기에 결국 조세희, 기형도, 조미희로 이어지는 한국 문학의 한 계보가 형성되는 것을 볼 수 있다. 난쟁이로 상징되는 가난한 사람들의 불안과 두려움은 물론 그 상황을 극복하려는 난쟁이들의 희망이 각인되는 것이다.

가령 기형도의 「안개」에는 조세희의 소설 분위기가 반영되어 있다. 샛강을 끼고 주욱 세워진 공장들, 하늘로 치솟

---

* 1978년 6월 문학과지성사 발간본. 이하 '조세희(의) 소설'로 표기한다.

은 공장의 굴뚝들, 굴뚝에서 나오는 검은 연기, 코가 시큼
하도록 탁한 공기, 출근하는 노동자들, 그곳에 내리는 짙
은 안개 등이 지배하고 있는 것이다. 그뿐만 아니라 신체
적 결함을 딛고 열심히 일하지만 인간다운 삶의 권리를 갖
지 못하는 조세희 소설의 난쟁이나 가장의 역할을 하느라
고 온갖 고생을 하면서도 남편을 위하는 난쟁이의 아내는
기형도의 「위험한 家系·1969」의 아버지와 어머니로 등장한
다. 기형도의 「오래된 書籍」의 화자가 "기적을 믿지 않는"
세계관을 내보인 것은 조세희 소설의 "영수"(난쟁이의 큰아
들)가 가정 형편상 중학교를 그만두고 인쇄소 직공을 거쳐
은강자동차 공장의 노동자가 되는 동안 독서를 통해 세상
을 읽은 것과 같다. 조세희 소설의 북쪽 공업지역 안에 있
는 노동자 교회의 목사 역시 기형도의 「우리 동네 목사님」
에 나타난다. 노동자 교회의 목사는 노동자들처럼 더러운
옷을 입고 노동자들의 의식을 깨우치며 실천 행동을 제시
하는데, 기형도의 작품에 등장하는 목사 역시 어두운 천
막교회에서 늘어진 작은 전구처럼 생활하면서 "성경이 아
니라 생활에 밑줄을 그어야 한다"고 역설한다. "나는 즐
거운 노동자"로 "가장 더러운 옷을 입"는다고 노래하면서
"세상은 신기한 폭탄, 꿈꾸는 部族에겐 발견의 도화선"을
제시한 기형도의 「집시의 시집」의 "사내"는 조세희 소설의
난쟁이 친구인 "지섭"이다. "지섭"은 은강공장 회장집 아
들의 가정교사로서 편하게 살 수 있었지만, 모순되고 부패

한 현실을 참지 못해 노동자들보다 더러운 옷을 입고 손가락을 잃고 눈 밑에 상처를 입을 정도로 고통을 받으면서도 노동 운동을 전개했다.[*]

조미희의 시 세계가 조세희의 소설 세계를 계승한 면 중에서 '달나라'의 상징은 주목된다. 조세희의 소설에서 난쟁이는 달나라를 자신의 이상향으로 삼고 날아오르려고 했지만 가난과 소외감으로 인해 이루지 못했다. 난쟁이가 꿈꾸는 달나라는 지구에서 멀리 떨어진 우주 공간이 아니라 자신이 발 딛고 살아가는 지상 세계이다. "모두에게 할 일을 주고, 일한 대가로 먹고 입고, 누구나 다 자식을 공부시키며 이웃을 사랑하는 세계"[**]인 것이다. 조미희가 추구하는 달나라 역시 이와 다르지 않다. 그리하여 시인은 사회적 존재로서 달나라를 포기하지 않고 날아오르려고 하는 것이다.

2.

자칭 씨는 매일 오지로 퇴근한다

사실 오지는 그리 멀지 않다

[*] 맹문재, 「난쟁이의 패러디」, 『지식인 시의 대상애』, 작가, 2004, pp.224~254.
[**] 조세희, 『난장이가 쏘아올린 작은 공』, 문학과지성사, 1978, p.228.

사람들은 세상 끝 어디쯤이 오지일 거로 생각하지만
자칭 씨는 그 대목에서 바람 빠진 풍선처럼 웃는다
오지는 바로 여기,
불가항력의 고통과 환상

자칭 씨는 사실 매번 길을 잃는다
오지란 그런 곳, 내 지적도에 없는
완전히 빠져나가지도 들어오지도 못하는 땅
언제 사라질지 모를 지붕과 대문의 주소
결심처럼 바짝 밀어 올린 뒤통수
벽과 벽을 밀며 자란 왕성한 야생성
이자와 실직과 월세의 나무줄기를 잡고
곡예를 한다
자칭 씨는 아슬아슬
멍으로 퍼져 간다

오지는 계속 무너지고 노랗게 추락해 바스러지는 얼굴
위, 새로운 도시를 건설한다
재건축이라는 공룡과 건물주라는 신
공룡은 오랜 시간 오지를 주무르다 조금씩 먹어 치운다
남을 것인가 떠날 것인가
잔인하게 자칭 씨의 손에 칼을 쥐여 준다

내일은 계시가 내려오는 만기일

자칭 씨는 생각한다

문명에서의 오지는 도심 한복판에 있다고

오늘부터 자칭에서 타칭이 된다

—「오지로의 입문」 전문

  위의 작품의 "자칭 씨는 매일 오지로 퇴근"하는데, 그에게 "오지"란 도회에서 멀리 떨어진 두메산골이 아니다. "사람들은 세상 끝 어디쯤이 오지일 거로 생각하지만/자칭 씨는 그 대목에서 바람 빠진 풍선처럼 웃는다". 왜냐하면 그의 "오지는 그리 멀지 않"은 "바로 여기"이고, 이곳에서 "불가항력의 고통과 환상"을 갖고 있기 때문이다.

  "오지로 퇴근"하는 "자칭 씨"는 "매번 길을 잃는다". 그에게 "오지"란 "지적도에 없는/완전히 빠져나가지도 들어오지도 못하는 땅"이고, "언제 사라질지 모를 지붕과 대문의 주소"이기 때문이다. 다시 말해 "이자와 실직과 월세의 나무줄기를 잡고/곡예를" 하는 거처지인 것이다. 그리하여 "자칭 씨"는 "벽과 벽을 밀며 자란 왕성한 야생성"을 안을 수밖에 없고 그에 따라 "아슬아슬/멍으로 퍼져"가고 있다.

  "자칭 씨"가 자신의 거주지를 "오지"라고 여기는 것은 "새로운 도시"가 건설되기 때문이다. "건축이라는 공룡과 건물주라는 신"이 있는데, "공룡은 오랜 시간 오지를 주무

르다 조금씩 먹어 치"우다가 마침내 "남을 것인가 떠날 것
인가/잔인하게 자칭 씨의 손에 칼을 쥐여" 준 것이다. 그
리하여 "내일은 계시가 내려오는 만기일"이기에 "자칭 씨"
는 "오늘부터 자칭에서 타칭이 된다"고 인식한다. 재개발
로 인해 거주지에서 쫓겨나야 하는 처지이기에 스스로 소
외되고 있는 것이다.

  "자칭 씨"의 이와 같은 상황은 조세희의 소설에서 난쟁
이가 겪고 있는 고통과 좌절의 모습이다. 난쟁이는 재개발
사업으로 인해 철거 계고장을 받은 뒤 집이 헐리고 아파트
입주권을 받지만 입주비가 없기 때문에 결국 집을 잃고 만
다. 자본주의 사회의 거대한 폭력 앞에서 도시 빈민인 난
쟁이는 자신의 달나라를 포기할 수밖에 없는 것이다.

  감자에 싹이 난다고 쌀이 될 수는 없다
  가난은 별식이 되고
  풍요는 갈수록 가난의 역습이 된다
  배고플 때 먹던 음식이
  살 빼는 건강식이 되어 돌아왔다
  그러므로 쌀은 더는 자본을 대신할 수 없다
  한 줌도 안 되는 한 벌 옷이 한 마을의
  쌀농사 수맷값과 맞먹는 가격이라면
  노동과 자본이 어긋난 맨틀이 되는 것이다

자, 지금은 감자에 싹이 나는 시기
망해도 흥, 흥해도 흥,
감자꽃은 불끈, 꽃을 추어올리고
농부는 읍내의 부동산 앞을 어슬렁거린다

가난했던 시절 음식은
추억의 식단에 별식으로 올라와
고가로 팔자를 바꾸겠다는데
사람의 가난은 왜
이 모양 이 꼴로 여전히 천대받나
땅은 빌딩을 세워야 대우받고
아무리 감자에 싹이 나고 잎이 나고
쌀이 난다 해도
가난에는 돈이 열리지 않는다
                －「감자에 싹이 나고 잎이 나서 쌀쌀쌀」 전문

　어느덧 "배고플 때 먹던 음식이/살 빼는 건강식이 되어 돌아"온 시대가 되었다. "쌀은 더는 자본을 대신할 수 없다". 그동안 "가난"을 해결해 주는 상징이었던 "쌀"은 자본주의 사회에서 더 이상 가치를 갖지 못하는 것이다. "한 줌도 안 되는 한 벌 옷이 한 마을의/쌀농사 수맷값과 맞먹는 가격이" 되고 있기 때문이다. 따라서 점점 심화되는 자본주의 사회에서는 "노동과 자본이 어긋난 맨틀이 되"고 있다. "감자에 싹이 나는 시기"여서 "감자꽃은 불끈, 꽃을 추어올"리지만, "농부"는 농사를 짓는 데 관심을 두지 않고 "읍내의 부동산 앞을 어슬렁거"린다. 농사를 짓는 것보다 부동산을 잘 팔거나 매입해서 더 큰 소득을 얻으려고 하는 것이다.

이와 같은 상황에서 매매할 "부동산"이 없는 사람들이 갖는 상대적 박탈감은 크기만 하다. 화자가 "가난했던 시절 음식은/추억의 식단에 별식으로 올라와/고가로 팔자를 바꾸겠다는데/사람의 가난은 왜/이 모양 이 꼴로 여전히 천대받나" 하고 푸념하는 것이 그 상황이다. "땅은 빌딩을 세워야 대우받"는 자본주의 사회에서 "아무리 감자에 싹이 나고 잎이 나고/쌀이 난다 해도" "가난에는 돈이 열리지 않"는 것이다. 그리하여 "자본"이 없는 화자는 조세희 소설의 난쟁이같이 좌절할 수밖에 없다.

3.

　　　만삭의 여자는 해산달 즈음에
　　　결혼반지를 **뺐**다
　　　배 안에 허기진 달이 차오르고
　　　여자 얼굴에 일몰로 떨어지는 태양
　　　타오르던 장미는 담장 밑으로

꺼질 듯 쓰러진다

여자는 1층과 2층 또 6층을 밟고 전당포로 간다
신과 전당포는 너무 높은 곳에 있다
열두 번을 후회하고 열두 번을 회개하며
머리로 흐르는 땀방울
낯선 방식의 거래
태아가 무두질하듯 배를 두드린다
무슨 큰 죄라도 저지른 것 같아
불룩한 배만 바라본다
수없는 결심으로 따진다면
전당포와 신이 있다는 천당포는 비슷한 거리다
사막을 건너고 오병이어의 기적을 바라는 마음으로
한 달을 견디다 도착한 곳
전당포와 신은 가파른 곳에서 왜 여자를 기다렸을까
왜 사소한 사건들이 불행의 경사로
오염된 이불처럼 여자를 덮쳤을까
차라리 신도 악마도
여자를 잊을 때가 오면 좋겠다

전당포 문밖, 연둣빛 햇살이 몰려온다
여물지 못한 색이 아득하게
귓속말을 한다

아이는 심하게 요동치며

이 고행의 길목 앞에 발을

곰지락거린다

      －「신과 전당포는 모두 높은 곳에 있다」 전문

 앞의 작품에 등장하는 "만삭의 여자는 해산달 즈음에/ 결혼반지를" 뺐다. 그 상실감으로 인해 "배 안에 허기진 달이 차"올랐다고 느낀다. 그뿐만 아니라 "얼굴에 일몰로 떨어지는 태양"과 맞닥뜨리고, "타오르던 장미는 담장 밑으로/꺼질 듯 쓰러"지는 것도 본다. "여자는 1층과 2층 또 6층을 밟고 전당포로" 오르는 동안 "신과 전당포는 너무 높은 곳에 있다"고 생각한다. "신과 전당포"가 동등한 위치에 있다고 인식하는 것은 매우 중요하다. 자본주의 사회에서 전당포로 상징되는 자본의 위세가 신과 같다고 여기기 때문이다. 산달이 다가오는데 쓸 돈이 없어 결혼할 때 예물로 받은 반지를 팔아야만 하는 처지에 있는 "만삭의 여자"에게 신과 자본은 "너무 높은 곳에 있"는 것이다.

 "만삭의 여자"는 "결혼반지"를 빼지 않으려고 "사막을 건너고 오병이어의 기적을 바라는 마음으로/한 달을 견디다"가 더 이상 버틸 수 없었다. 빵 다섯 개와 물고기 두 마리(五餠二魚)로 5천 명의 군중을 먹여 살렸다는 예수의 기적이 그녀에게는 불가능한 일이었다. 그리하여 반지를 팔려고 계단을 오르는 동안 그녀는 "열두 번을 후회하고 열두 번을 회개하며/머리로 흐르는 땀방울"을 흘릴 수밖에 없다. "낯선 방식의 거래"를 하는 동안 "태아가 무두질하듯 배를 두드"리자 "큰 죄라도 저지른 것 같아/불룩한 배만 바라"볼 뿐이다. 그리하여 "차라리 신도 악마도/여자를 잊을 때가 오면 좋겠다"고 희망하는 것이다.

누군가 달 귀퉁이를 아작아작 씹고 있다

집주인이 집을 비워 달라 했다
달세를 다 갉아먹은 텅 빈 하늘이 오슬오슬 떨고 있다

꽁꽁 언 빨래를 걷으니 저녁
잿빛 하늘에서 총총 눈이 내렸다
일기예보는 계속 적중했다
별은 숨어 있어도 날카로운 모서리는 추웠다
억지로 물려받는 형벌도 있다
앙상한 가지들이 허공을 흩트렸으나
어둠은 곧 집합체로 모였다

눈은 무게를 알 수 없는 적막을 안고
세 없는 잠으로 투신했다
갚을 수 없는 날짜를 산다는 건 아주 모호한 감정

바람이 예민하게 문을 두드렸고 나는
무국적자처럼 떨었다
저녁 대신 설탕도 넣지 않은 내일을 마셨다
창틀로 고요가 시끄럽게 쏟아진다
인생은 이렇게 중독성으로 살아 내는 것
커피색에 모두가 어두워진다고 생각했다
문이 없는 세상이 통째 나를 삼켰고
거미가 흔들리는 집을 지었다
환하게 보이는 사생활
흔들려도 살 수는 있겠지?

양 떼같이 몰려오는 눈송이를 세며 눈을 감는다
오늘 꿈은 맑았으면 좋겠고
봄볕에 졸고 있는 햇병아리 한 마리 사고 싶다

달이 성당 스테인드글라스로 반짝 떨어졌다
                                    ─「달을 갉아먹는 집」 전문

　앞의 작품의 화자는 "누군가 달 귀퉁이를 아작아작 씹
고 있"는 것을 느낀다. 그 "달"은 화자가 목숨 걸고 추구하
는 이상 세계이다. 마치 조세희 소설의 난쟁이가 날아오르
려고 한 달나라와 같은 것이다. "집주인이 집을 비워 달라"
고 하는 경우에 처한 화자는 불안감을 가질 수밖에 없다.

"달세를 다 갚아먹은 텅 빈 하늘이 오슬오슬 떨고 있"는 상황 같은 것이다. "별은 숨어 있어도 날카로운 모서리는 추웠다/억지로 물려받는 형벌도 있다"라거나 "앙상한 가지들이 허공을 흩트렸으나/어둠은 곧 집합체로 모"이는 것도 마찬가지이다.

그렇지만 화자는 "바람이 예민하게 문을 두드"려 "무국적자처럼 떨"지만 "저녁 대신 설탕도 넣지 않은 내일을 마"신다. "인생은 이렇게 중독성으로 살아 내는 것"이라고 다짐도 한다. "문이 없는 세상이 통째 나를 삼"키고 "거미가 흔들리는 집을 지"어도 "환하게 보이는 사생활/흔들려도 살 수는 있"으리라고 각오하는 것이다. 그리하여 "양 떼같이 몰려오는 눈송이를 세며 눈을 감"고 "오늘 꿈은 맑았으면 좋겠"다거나 "봄볕에 졸고 있는 햇병아리 한 마리 사고 싶다"고 희망한다. "달"이 점점 닳아져 삶의 터전이 위협받고 있지만, 좌절하지 않고 날아오르려고 하는 것이다.

앞의 작품에서 화자가 품고자 하는 "달"은 이상향의 세계이다. 그 환상으로 인해 현실의 상황이 오히려 입체적으로 드러난다. 현실을 재인식시켜 화자가 살아가는 세상이 얼마나 힘들고 고단한지를 여실히 보여 주는 것이다. 이와 같이 "달"은 "성당 스테인드글라스로 반짝 떨어"지듯이 현실과 공존한다. 그리하여 가난으로 인해 고통받고 신음하는 난쟁이의 삶은 물론 그 극복을 지향하는 인간의 의지가 부각되는 것이다.

4.

한 줄기 폭발음 뒤에 소리가 사라지고
정적 속으로 홀씨가 발사됐다

민들레는 바람보다 빠르게 날아올라
혜성과 같은 속도로 돌았다
봄가을이 같은 속력으로 돌아 주었다

솟아오름엔
바람의 관심 폭풍의 이름이 관여했다
시속 6만 6천 킬로미터로 바깥을 달리고 안에서는 고요
했다

계절을 건너고 너무도 가벼운 근원을 건너
빛이 발자국을 따라잡는 고단한 일상이지만
연착륙은 없었다
절정의 고요와 고요의 틈 사이
꽃 안에서 하루는 꽃 밖의 십 년이다
하루와 십 년 시차 속에서 겨울 별자리들
덩그러니 우주의 비밀이 되었다

착륙 순간 튕겨 오를 수 있는 홀씨에는

마음씨 좋은 지표면의 중력이 들어 있다

빛의 속도로 도착한 홀씨를 착륙시킨다
순간 볼트를 박는 뿌리들. 입사
우주까지 와서 취업을 했다
수습 기간도 없이 태양을 따라잡는 일을 시작한다
부서를 탐색하고 상사의 성향을 파악하며 뿌리내릴 궁리
를 한다
아직은 빛보다 그늘에서 서성이지만
행성은 돌고 도는 것

채광창을 펼치고 암석 지대에서 노란 신호를 보낸다
민들레, 행성에서 유일한 구조물이 되었다
— 「민들레 착륙기」 전문*

위의 작품은 바람을 타고 날아간 민들레 갓털이 씨앗을
정착시키는 과정을 상상해서 그린 것이다. "한 줄기 폭발
음 뒤에 소리가 사라지고/정적 속으로 홀씨가 발사"된 뒤
"민들레는 바람보다 빠르게 날아올라/혜성과 같은 속도
로" 도는데, "봄가을이 같은 속력으로 돌아 주"고 "바람의

---

* 식물에는 꽃을 피운 뒤 씨앗을 만들어 번식하는 종자식물과 꽃이 피지 않고
홀씨로 번식하는 홀씨식물이 있다. 민들레는 종자식물이지만, 위의 작품에서
는 "홀씨" 이미지로 민들레의 독립성을 강조하는 것으로 보인다.

관심 폭풍의 이름이 관여"한다. "시속 6만 6천 킬로미터로 바깥을 달리고 안에서는 고요"한 상황도 마련된다. 한 알의 씨앗이 생명체로 탄생하는 데는 온 우주가 함께하는 것이다. 그뿐만 아니라 "착륙 순간 튕겨 오를 수 있는 홀씨에는/마음씨 좋은 지표면의 중력"이 들어 있어 "빛의 속도로 도착한 홀씨를 착륙시킨다".

앞의 작품은 "순간 볼트를 박는 뿌리들. 입사/우주까지 와서 취업을 했다"라는 표현에서 보듯이 새로운 터전에 뿌리내리려고 하는 입사자의 모습을 담고 있다. 그리하여 "수습 기간도 없이 태양을 따라잡는 일을 시작"하고, "부서를 탐색하고 상사의 성향을 파악하며 뿌리내릴 궁리를" 하는 한 노동자의 의지와 열정이 새롭게 환기된다.

이렇듯 「민들레 착륙기」는 조세희의 소설 세계를 계승해 새로운 리얼리즘을 추구하고 있다. 조세희의 소설은 다양한 시점과 인유, 시간과 공간의 중첩 등은 물론 환상과 상상력으로 가난한 난쟁이가 겪는 고통과 절망을 심화시키고 있다. "살기가 너무 힘들다. (……) 그래서 달에 가 천문대 일을 보기로 했다. 내가 할 일은 망원렌즈를 지키는 일야."*와 같은 토로가 그 예이다. 가난을 극복하려고 하는 난쟁이의 몸부림을 환기시키고 있는 것이다. 이와 같이 환상성은 현실을 가리거나 왜곡시키는 것이 아니라 현실 인

* 조세희, 앞의 소설, p.126.

식을 심화시킨다. 현실을 모방하는 차원을 넘어 그 본질을
형상화하는 것이다.

그만하면 됐다
그만하자는 말
봄이 왔는데 온 봄에게 그만하자
그만하면 됐다고 말하면
봄이 멈춥니까

새싹 돋는 자리는
가장 간절하게 뜨거운 곳
노란 수선화에게
그만 노랗게 피라고
말할 수 있습니까

노란색이 다 피기까지
봄이 하염없이 짧기만 합니다

부끄러운 얼굴로
노란 리본을 달았습니다
노란색이 벼랑처럼 가파릅니다
세상에서 부모와 형제자매를 **빼면**
남는 것이 있을까요?

저 시린 리본은 그래서
우리의 것입니다

노란 수선화 알뿌리는
옹기종기 모여 봄을 기다립니다
누군가 훔쳐간 봄을
하염없이 기다립니다
죽은 아이들의 봄을
죽은 아이들 부모와 형제자매의 봄을
그리고 수선화 꽃잎 같은
촛불을 들고 광장에 모인 사람들의 봄을

그러니 그만, 이라는 말
하지 마세요

―「그만이라는 말」 전문

앞의 작품의 화자는 "그만하면 됐다"라는 타자들의 의견에 동의할 수 없다고 표명한다. "봄이 왔는데 온 봄에게 그만하자/그만하면 됐다고 말하면/봄이 멈춥니까"라는 예까지 들고 있다. "새싹 돋는 자리는/가장 간절하게 뜨거운 곳"인데 "노란 수선화에게/그만 노랗게 피라고/말할 수 있습니까"라고 항변도 한다. 그만큼 화자는 자신의 이상 세계를 포기하지 않는 것이다.

화자가 지향하는 세계는 자신만이 잘사는 곳이 아니라 조세희 소설의 난쟁이가 바라듯이 모두가 일할 수 있고, 일한 대가를 제대로 받을 수 있고, 그리고 이웃과 함께 살아갈 수 있는 곳이다. 그리하여 화자는 "부끄러운 얼굴로/노란 리본을" 단다. "세상에서 부모와 형제자매를 빼면/남는 것이 있을까요?/저 시린 리본은 그래서/우리의 것입니다"라고 공동체 인식을 내보이고 있는 것이다.

"노란 수선화 알뿌리"가 "옹기종기 모여 봄을 기다"리는 것도 그 모습이다. "죽은 아이들의 봄을/죽은 아이들 부모와 형제자매의 봄을/그리고 수선화 꽃잎 같은/촛불을 들고 광장에 모인 사람들의 봄을" 기다리는 것도 마찬가지이다. 결국 세월호 참사로 희생된 사람들의 슬픔과 절망을 조세희 소설의 난쟁이 가족처럼 연대해서 극복하려는 것이다. "그러니 그만, 이라는 말/하지 마세요"라고 매듭짓는다.

> 「아버지를 난장이라고 부르는 악당은 죽여 버려.」
>
> 「그래. 죽여 버릴께.」
>
> 「꼭 죽여.」
>
> 「그래. 꼭.」
>
> 「꼭.」
>
>   ─『난장이가 쏘아올린 작은 공』 끝부분

난쟁이의 딸 "영희"는 팔린 집문서를 찾아오기 위해 재개발 지구의 입주권을 몰아 사들이는 부동산 투기업자를 찾아간다. 그리고 잠자리를 하면서 기회를 엿보다가 입주권을 훔쳐 도망친다. 마침내 동사무소며 구청이며 주택공사에 가서 필요한 서류와 입주금을 지불한다. "영희"는 집으로 돌아오는 길에 달 천문대 밑에 앉아 있는 아버지의 모습을 상상한다. 평소에 아버지는 달에 가서 천문대 일을 보게 될 것이라고 말했고, 하루에도 몇 번씩 달을 왕복했다. 그렇지만 "영희"는 전부터 아는 "신애 아주머니"로부터 아버지가 굴뚝에서 떨어졌다는 사실을 듣는다. 그 말을 듣자마자 "영희"는 목숨을 걸고 찾아온 집문서가 소용없을 정도로 아버지가 안쓰러워 울음을 터뜨린다. 그렇지만 좌절하지 않고 "아버지를 난장이라고 부르는 악당은 죽여 버"*리자고 오빠들과 다짐한다.

조미희 시인 역시 달나라에 닿지 못한 난쟁이의 작은 공을 "광장에 모인 사람들"(「그만이라는 말」)과 함께 다시 쏘아 올리려고 한다. 가난한 사람들의 패배감과 절망감을 새로운 세계 인식과 연대 의식으로 극복하려는 것이다. 그리하여 시인은 현실 세계를 담아내는 데 그치지 않고 이상향을 추구하고 있다. 현실을 단선적으로 모방하지 않고 새로

* 조세희, 앞의 소설, pp.150~151.

운 리얼리즘의 관점으로 가난과 희망의 거리를 한층 더 인식하는 것이다.

난쟁이를 소외시키는 현실은 비인격화된 자본이 인격화된 인간을 지배하는 세상이다. 그리하여 난쟁이는 봉건제도의 노비처럼 비참하게 살아갈 수밖에 없다. "천국에 사는 사람들은 지옥을 생각할 필요가 없"지만 "우리 다섯 식구는 지옥에 살면서 천국을 생각"**할 수밖에 없는 상황인 것이다. 그렇지만 시인은 가난에 함몰되지 않는다. 현실의 구조적 모순에 더 이상 순응할 수 없다고 판단하고 타락한 자본에 맞서는 것이다.

시인은 난쟁이를 착취하는 자본주의의 교묘함과 악마성을 인지하고 있다. 부가 불평등하게 분배되는 것은 물론 폭력이 정당화되는 자본주의의 모순도, 인간의 사랑을 시장의 상품으로 판매하는 자본주의의 타락도 직시하고 있다. 그리하여 시인은 인간 존재로서의 사랑을 포기하지 않고 추구한다. 사랑을 외면하면 결국 이웃으로부터도 자기 자신으로부터도 소외될 수밖에 없음을 간파하고 있는 것이다. 그리하여 달나라로 향하는 시인의 시 세계는 전진적이고 사회적이고 그리고 인간적이다.

** 조세희, 앞의 소설, p.83.

시인수첩 시인선 024

자칭 씨의 오지 입문기

ⓒ 조미희, 2019

초판 1쇄 인쇄 2019년 5월 7일
초판 1쇄 발행 2019년 5월 21일

지은이 | 조미희
발행인 | 강봉자·김은경

펴낸곳 | (주)문학수첩
주   소 | 경기도 파주시 문발로 214-12(문발동 511-2) 출판문화단지
전   화 | 031-955-4445(대표번호), 4500(편집부)
팩   스 | 031-955-4455
등   록 | 1991년 11월 27일 제16-482호

홈페이지 | www.moonhak.co.kr
블로그 | blog.naver.com/moonhak91
이메일 | moonhak@moonhak.co.kr

ISBN 978-89-8392-747-7 03810

「이 도서의 국립중앙도서관 출판예정도서목록(CIP)은 서지정보유통지원시스템
홈페이지(http://seoji.nl.go.kr)와 국가자료공동목록시스템(http://www.nl.go.kr/
kolisnet)에서 이용하실 수 있습니다.(CIP제어번호: CIP2019012254)」

• 파본은 구매처에서 바꾸어 드립니다.

• 이 책은 2019년 아르코문학창작기금의 수혜를 받아 발간되었습니다.